imaginist

想象另一种可能

理
想
国
imaginist

THE ROAD
by
CORMAC MCCARTHY

长路

[美] 科马克·麦卡锡 著

毛雅芬 译

九州出版社

本书献给

约翰·弗朗西斯·麦卡锡

在暗夜的漆黑与冰冷中醒来，他伸手探触睡在身旁的孩子。夜色浓过魆黑，每个白日灰蒙过前日，像青光眼病发，黯淡了整个世界。他的手随着口口宝贵的呼吸轻微起落。掀开塑料防雨布，他坐起来，身上裹着发臭的睡袍与毛毯；望向东方，他搜寻日光，但日光不在。醒来前的梦里，孩子牵他的手，领他在洞穴内游走，照明光束在潮湿的石灰岩壁上晃动，两人像寓言故事里的浪人，被体格刚硬的怪兽吞食，迷失在它身体里。幽深石沟绵延处，水滴滑落有声，静默中，敲响人世每一分钟，每个小时，每一日，永无止息。他俩驻足在宽广的石室里，室中泊着一面黝黑古老的湖，湖对岸，一头怪物从石灰岩洞伸出湿淋淋的嘴，注视他俩的照明灯，目盲，眼瞳惨白如蜘蛛卵。它俯首贴近水面，像要捕捉无缘得见的气味；蹲伏着，体态苍白、赤裸、透明，洁白骨骼在身后石堆投下暗影；它有胃肠，有跳动的心，脑袋仿若搏动在晦暗不明的玻璃钟罩里；它的头颅左摇右摆，送出一声低沉的呜咽，之后转身，蹒跚走远，无声无息，大步向黑暗迈进。

就着第一道灰蒙的天光，他起身，留下熟睡的孩子，自个儿走到大路上，蹲下，向南审视郊野。荒芜，沉寂，无神眷顾。他觉得这时候是十月，但不确定对不对；好几年没带月历了。他俩得往南走，留在原地活不过这年冬天。

天光亮得允许使用双筒望远镜后，他扫视脚下的河谷。万物向晦暗隐没，轻柔的烟尘在柏油路上飘扬成松散的漩涡。他审视自己所见的一切。下方的大路被倒枯的树木隔得七零八落。试图寻找带色彩的事物、移动的事物、飘升的烟迹。他放下望远镜，拉下脸上的棉布口罩，以手背抹了抹鼻子，重新扫视郊野，然后手握望远镜坐着，看充满烟尘的天光在大地上凝结。他仅能确知，那孩子是他生存的保证。他说：若孩子并非神启，神便不曾言语。

他回来的时候，孩子仍睡着。他拉下盖在孩子身上的蓝色塑料防雨布，折好，放进购物车里，再取出餐盘、一塑料袋玉米糕、一瓶糖浆。他在地上摊开两人充当餐桌的小片防雨布，把东西全摆上去，解下腰带上的手枪，放在布上，坐着看孩子睡。孩子夜里扯下了自己的口罩，它正埋在毛毯堆里的某处。他看看孩子，目光越过树林望向大路。这地方不安全，天亮了，从路上看得见他俩。孩子在毯子下翻身，而后睁开双眼，说道：嗨，爸爸。

我在。

我知道。

一小时后，两人上路，他推购物车，孩子和他各背一个背包；不可或缺的东西都装在背包里，方便随时抛下推车逃跑。一面镀铬的摩托车后视镜嵌在推车把手上，好让他注意背后的情况。他往上挪了挪肩上的背包，望向荒凉的郊土，大路上空无一物，低处的小山谷有条静静的灰色河流蜿蜒着。动静全无，然而轮廓清晰。河岸芦苇都已干枯。你还好吗，他问。孩子点点头。于是，在暗灰的天光中，他们沿柏油马路启程，拖着脚步穿越烟尘，彼此就是对方的一整个世界。

他俩顺着老旧的水泥桥过河，往前又走几英里，遇上路边加油站；两人站在马路中央审视那座加油站。我想我们应该进去看看，瞧一眼，男人说。他们穿涉草场，近身的野草纷纷倒向尘土。越过碎裂的柏油停车坪，看见接连加油机的油槽。槽盖已经消失，男人趴下来嗅闻输油管，石油的气味却像不实的流言，衰微且陈腐。他起身细看整座建筑物。加油机上，油管还诡异地挂在原位，窗玻璃完整无缺，服务站门户大开，他走进去，看见一只金属工具箱倚墙而立。他翻检每一个抽屉，但没有任何可用的。只有几个完好的半英寸长活动螺丝刀、一个单向齿轮盘。他起身环顾车库，只见一个塞满垃圾的金属桶。走进办公室，四处是沙土与烟尘；孩子立在门边。金属办公桌、收银机，几本破旧的汽车手册因泡了水而鼓胀；亚麻油布地板斑斑点点，因屋顶漏水而浮凸卷曲。穿过办公空间，他走向办公桌，静立着，举起话筒，拨了许久前父亲家的号码；孩子看着他。你在做什么呢？他问。

沿路走了四分之一英里，他停下脚步回头看。我们在想什么，得走回去，他说。他把购物车推离路面，斜斜安置在不易发现的位置，两人放下背包，走回加油站。他进服务站把金属垃圾桶拖出来，翻倒，扒出所有的一夸脱塑料机油瓶，两个人坐在地上，一瓶接一瓶倒出里面的残油。他们让瓶身倒立在浅盘里滴干，最后几乎凑到半夸脱。他旋紧塑料瓶盖，拿破布抹净瓶身，掂掂瓶子的重量：这是给小灯点亮漫长幽灰的黄昏与漫长幽灰清晨的油。你可以念故事给我听了，对不对，爸爸？对，他说，我可以念故事给你听了。

河谷远端，大路穿越荒芜炭黑的旧火场，四面八方是焦炙无枝的树干，烟灰在路面飘移，电线一端自焦黑灯柱垂落，像衰软无力的手臂，在风中低声呜咽。空地上一栋焚毁的屋子，其后一片荒凉黯灰的草原，废弃道路工程横卧原始绯红的淤积河床，更远处是汽车旅馆广告牌。除却凋零了、圮毁了，万事一如往常。山丘顶，他俩伫立寒天冷风中，呼喘着气。他注视孩子；我没事，孩子说。男人于是把手搭在孩子肩上，向两人脚下开敞无边的郊土点了点头。他由购物车取出望远镜，站在马路中央扫视低处的平原；平原上，一座城的形体兀自挺立灰蒙之中，像某人一面横越荒原、一面完成的炭笔速写。没什么可看的，杳无烟迹。我可以看吗，孩子问。可以，当然可以。孩子倚在购物车上调整焦距。看见什么吗，男人问。没有。他放下望远镜：下雨了。对，男人说，我知道。

他们给购物车盖上防雨布，把它留置小溪谷，然后爬坡穿越直立树干构成的暗黑群柱，抵达他看见有连续突岩的位置。两人坐在突出岩块下，看大片灰雨随风飘越山谷。天气很冷，他俩依偎在一起，外衣上各披一条毛毯。一段时间后，雨停了，只剩树林里还有水滴滑落。

放晴后，他们下坡找到购物车，拉开防雨布，取出毯子和夜里用得着的东西，再回到山上，在岩块下方的干燥处扎营。男人坐着，双手环抱孩子，试图为他取暖。两人裹着毛毯，看着无以名状的黑暗前来将他们覆盖。夜的袭击，使城的灰蒙形体如幽魂隐没，他点燃小灯，放在风吹不到的地方。两人往外走到路上，他牵起孩子的手，向山顶走，那是路的尽头，可以向南远望渐趋黯淡的郊野，可以伫立风中，裹着毛毯，探寻一丝营火或明灯的痕迹。但什么都没有。山壁边，山岩中的灯火只是光的微尘；过了一会儿，他们往回走。一切都很潮湿，没办法生火。吃过冰凉的简陋餐点，他俩在寝具上躺下，灯放在中间。他拿了孩子的书，但孩子累得无法听故事，他说：可以等我睡着再熄灯吗？可以，当然可以。

他躺了很久，还没睡着。过了一会儿，他转身看着男人。微弱的光线中，脸颊因雨丝敷上了条条暗影，像旧时代的悲剧演员。我可以问一件事吗，他说。

可以啊，当然可以。

我们会死吗？

会。但不是现在。

我们还要去南方吗？

要。

那我们就不会冷了。

对。

好。

好什么？

没什么，就是好。

睡吧。

好。

我要把灯吹熄了，可以吗？

好，没关系。

又过了一会儿，在黑暗中：可以问你一个问题吗？
可以啊，当然可以。
如果我死了，你会怎么样？
如果你死了，我也会想死。
所以我们还是可以在一起？
对，我们还是可以在一起。
好。

他躺着，听水滴在树林里滑落。这就是谷底了，寒冷，沉寂。虚空中，刺骨而短暂的风一阵阵来回运送旧世界残余的灰烬：推进，弥散，然后再推进。万物都失了基底，在灰白的大气中顿失所依，只能靠呼吸、颤抖与信仰存续生命。但愿我心如铁石。

黎明前他醒来，看灰茫天色向晓。缓慢且半带晦暗。孩子还睡着，他起身，套上鞋子，披上毛毯，穿过林木向外走。往低处走进岩块间的缝隙，他边咳嗽边蹲了下来，咳了很久。然后他跪倒在烟尘里，抬脸仰对愈渐苍白的天光。你在吗，他轻声说，末日时刻，我见得到你吗？你有脖子吗？我可以掐你吗？你有心吗？你他妈的你有灵魂吗？上帝啊，他低语着，上帝啊。

隔日正午，他俩经过那座城。他枪不离手，架在叠放于购物车顶的防雨布上，要孩子紧紧依在他身旁。城大体焚毁了，了无生命踪迹。街市上，汽车顶上层层厚灰，一切都蒙上了灰烬与尘土。旧时的路埋在干透的烂泥里。某一户的门廊上，一具尸体枯槁到只剩外皮，正对着天光，面容扭曲。他把孩子拉近，说：记住了，你收进脑袋的东西，会永远留存在那里，你可要仔细考虑。

人不会忘记吗？

会，人会忘了他想留住的，留住他想忘记的。

离他叔叔的农场一英里远，有一面湖。以前，每年秋天他都和叔叔到附近收集柴火。他坐在小船尾端，一手拖在冰凉的船尾波里，叔叔弯腰摇橹。老人套在羔羊皮黑皮鞋里的双脚，抵着两根直木条稳住，戴草帽，衔着玉米斗，斗钵晃挂一道稀薄的口水。他转头瞧瞧对岸，搁下船桨，取下嘴里的烟斗，以手背抹抹下巴。沿湖岸列队的白桦木，在色彩暗沉的万年青的背景衬托下愈显苍白如骨。湖水边，断枝残干交错，织成防波墙，样貌灰暗残败，都是几年前一场飓风刮倒的树。长久以来，林木被锯倒、运走，充当柴火。叔叔调转船头、架稳船桨，他俩在泥沙堆积的浅滩上漂流，直到船尾板与沙地发生摩擦。清水里，有条死鲈鱼翻出肚皮，还有枯黄的叶。他们把鞋留在漆色和暖的船舷板上，拖船上岸，抛出用一根绳子系在船上的锚，是一只灌了水泥的猪油桶，中央插圆眼钩。他俩沿湖岸走，叔叔一路检视断枝残干，一路吸着烟斗，肩头盘着一捆马尼拉麻绳。他挑中一截断干，两人合力以树根为支点将它翻过来，使它半浮在水上。裤管虽挽到膝上，还是浸湿了。将绳头拴上船尾之后，他们划桨回航，断干拖在船后。其时，夜已降临，仅余桨架沉缓间歇的拉扯和摩擦声；湖面如玻璃窗般幽漆，沿湖的灯火一路亮起，某处传来收音机声。两人默默不语。这是孩提时代的完美记忆，这一天，形塑了日后的每一天。

接下来的数日数周，他们拼命往南方赶去，孤独，然而意志坚定；穿过鄙野的山区，途经铝皮搭建的住屋，偶尔有州际公路在低处蜿蜒经过一丛丛光秃秃的次生林。天很冷，越来越冷。山里，在深邃沟谷的一边，他们停下脚步，越过溪谷向南远望，视力所及，郊土一片焦黑，形体黯淡的岩群矗立灰烬聚积的沙洲，滚滚烟尘如浪升起，往南吹拂过一整片荒地。阴郁天色背后，看不见晦暗日光流转。

　　他们已经数日跋涉在烧灼过的土地上。孩子找到几根蜡笔，给口罩涂上尖牙，其后继续蹒跚行走，并不埋怨什么。购物车有只前轮不稳，但能怎么办呢？没有办法。眼前万事成灰，却生不起一把火；夜晚既长且黑，又寒冷，这情势他们前所未见。严寒几可碎石，或者夺命。他抱紧发抖的孩子，黑暗中点数每一次微弱的呼吸。

　　他听见远处的雷声，于是醒来，起身坐定。四周尽是幽微的天光，颤抖着，未知所起，相互折射在飘移的灰雨中。他拉低覆盖着两人的防雨布，久久躺着，侧耳聆听。若淋湿了，他们没火可烘干。若淋湿了，他们恐怕就会死。

　　那些夜里，他醒来面对的黑暗，既不可见，也不可解，浓重得仅是聆听已伤及耳力。他不得不经常起身。除却风声穿梭暗黑的秃树，四周一片阒静。此刻，他起身，站在冰冷闭锁的黑暗里晃动，伸张双臂维持平衡，脑壳下，前庭系统疾速生产各式运算结果。古老的叙事。他挺直身体。一个踉跄，但没摔倒。

迈开大步向虚空走去，回程数着自己的步履。双眼紧闭，双臂划移。挺身向谁呢？向深夜里，根源中，基底上，那无以名状的东西。之于它，男人与繁星同为环伺周遭的卫星。像神庙中，巨大钟摆循漫漫长日刻画宇宙的运行，你可以说那钟摆对其举动一无所悉，却深知自己必须继续下去。

横越那片灰白的荒野花了他们两天时间。荒野另一头，一条大路顺着山巅延伸，山里四处都有荒芜林地倾颓衰败。下雪了，孩子说。他望向天空，一片暗灰的雪花飘落；他伸手捉住，看雪在手里融化，消逝如基督教世界里最后一位慷慨的东道主。

两人披着防雨布同步向前。潮湿晦暗的雪花旋绕着，自虚空降落，灰涩的泥泞占据了道路边缘，烟尘堆浸湿了，底下流淌出污黑的水。远方山区不再出现野火。他想，嗜血教信徒必定耗尽了彼此的生命，所以这条路不再有人通行，既不见商旅，也不见盗匪。过了一会儿，他们在路边看见一座车库。站在敞开的库门里边，两人看灰蒙蒙的冰雨自顶上国度疯狂坠落人间。

他们捡了几个旧纸箱，在地板上生起一堆火。他找到一些工具，于是清空购物手推车，坐下来修整车轮。他拉出轮栓，用钻子推出栓上的夹套，拿钢锯切一段钢管重套上去，再把栓子拴回去，然后立起购物车在地面四处滑行。轮子滚动极顺。孩子坐着，看着这一切。

清早，两人重新上路，在杳无人迹的国度。途经一座谷仓，仓门钉着死猪皮，皮面残破，尾巴细瘦。仓里，三具尸体悬挂横梁上，在成束的残光之间干瘪、生灰。这里可能有东西吃，谷物之类的，孩子说。我们走吧，男人回答。

他最担心鞋子。鞋子和粮食。永远都在担心没东西吃。他们在老旧的泥板烟熏房找到一条火腿，就着铁钩高高挂在角落，干皱、枯瘪，像坟里取出来的东西。他拿刀一切，里层是暗红带咸味的肉，味道丰厚美妙。当晚，他俩把火腿在火上煎，肥厚的好几片，之后再混上罐装青豆炖煮。其后，他在暗夜醒来，以为听见魆黑的山丘低处传来牛皮鼓声，然而仅有风在飘移，四周一片寂静。

梦里，面色惨白的新娘从绿叶茂密的树篷下向他走来，乳尖灰白，肋骨也敷着白漆。她穿薄纱礼服，黑发以象牙排梳和贝壳排梳盘起固定。她微笑着，双眼低垂。早晨又下起雪，成串的冰珠细小灰白，沿头顶的电线垂挂。

他梦见的，他并不相信。他说，涉险之人，当做涉险之梦，其余都属困倦与死亡的召唤。他睡得少，睡得浅。他梦见走在遍地开花的树林，有鸟在他俩眼前飞越，他和孩子眼前，天空蓝得刺眼，但他正学着自此等诱人的世界中将自己唤醒。仰躺黑夜里，不可思议的蜜桃滋味在口中逐渐散去，那桃来自幻见的果园。他想，若自己活得够久，眼下的世界终将全然颓落，像在初盲者寄居之地，一切都将缓缓从记忆中抹去。

但旅途中做的白日梦唤不醒。他的脚步沉重。他记得她的一切，却不记得她的气味。剧院里，她坐在他旁边，倾身向前听着音乐。黄金螺旋壁饰，墙上嵌着烛台，舞台两侧呈褶裥状的帘幕瘦高如圆柱。她握着他的手，搁在自己大腿上，他透过她夏季洋装的轻薄材质，感觉到了丝袜的袜头。定格这一刻。现在，尽管降下黑夜、降下寒天吧，我诅咒你。

他捡来两支旧扫把做成刷子，绑在购物车轮前，清理路上的残枝。然后，他让孩子坐进购物篮，自己像驾狗雪橇一样站上推车后端的横杆，两人滑行下山，学滑雪选手摆动身体，操控推车行进的路线。这么久以来，他第一次见孩子笑。

　　山巅上，大路绕了个弯，画出一片路肩，有年头的小径向树林延展。他俩走上路肩，坐在长凳上眺望峡谷，谷中起伏的地势没入尘雾。山下有一片湖，冰冷，灰蒙，沉重，躺卧在郊区万物掏净的洼地里。

　　那是什么呀，爸爸？

　　那是大坝。

　　大坝做什么用？

　　造湖。盖大坝之前，下面本来是河。流过大坝的水推动一种叫涡轮机的大风扇，就能发电。

　　就能点灯。

　　对，能点灯。

　　我们可以下去看看吗？

　　我觉得太远了。

　　大坝会在那里很久吗？

会吧。大坝是水泥做的，应该会留存几百年，甚至几千年。
你觉得湖里有鱼吗？
没有，湖里什么也没有。

许久以前，他曾在距此不远处，看猎鹰循着绵长青蓝的山壁往下俯冲，挺直胸骨中线，攫走鹤群里位置最核心的一只。鹰带它飞降河畔，那鹤清瘦且伤残，鹰拖拽着它蓬松凌乱的毛羽，周遭是凝滞的秋日气息。

空中尘埃满布，张口一尝，滋味永难忘记。他俩先站着淋雨，像庄园里的牲畜，之后才披防雨布在蒙蒙细雨中前行。两双脚又湿又寒，两双鞋渐渐毁坏。长年固守山边的作物枯死、倾颓了，阴雨中，棱线上不结果的树木更显得裸秃、霉黑。

而梦竟如此多姿多彩，死神还能怎么向人召唤？冰冻晨光里醒来，万事瞬间成灰，状似尘封几世纪的上古壁画突地重见天日。

天放晴了，寒气消散，两人终于走进谷底开阔的低地。片片相连的农田依旧清晰可见,沿着荒废谷地向前,见到万物连根败坏。他俩顺柏油马路漫步前行,途经围有高高的护墙板的房屋,屋顶是机器锻压的金属。田野上有原木搭建的谷仓,屋顶斜面上有十英尺大的字,写着褪了色的广告标语:体验岩石城。

路旁的矮树篱都化成了连串枯黑曲折的干刺藤,了无生气。他让孩子持枪站在路中央,自己爬上石灰岩阶梯,走入农舍前廊,手护在眼旁遮蔽光线,探看窗户里边。他由厨房走进去,屋里垃圾、旧报纸随地乱丢,瓷器收在橱柜,茶杯挂在挂钩上。他穿过走廊,走到起居室门口。一架古董簧风琴安置一角,一部电视机,廉价的家具,还有一个古旧的手工樱桃木衣柜。他上楼巡视卧室,所见之物都挂着尘灰,儿童房有棉布小狗从窗台眺望庭院。他检视每一座衣橱,一一拉开床褥,最后拣了两条不错的羊毛毯,下楼。食物储藏柜有三罐自制的番茄罐头。他吹开瓶盖上的灰,细细查看,早他一步路过的人不敢轻易尝试,他最后也决定不冒这个险。他肩上挂着两条毛毯,走出农舍,两人重新上路。

在城郊路过超级市场,停车场上垃圾四散,还有几部旧车停在那里。他俩将购物车留在停车场，走进乱七八糟的过道。农产区的储物箱底有一把颇有年头的荷兰豆、一些看似杏的东西，早已干得像布满皱褶的雕刻。孩子跟在后面，他们推开后门走出去，在屋后巷道发现几部购物车，全都锈得厉害。两人又走回店里找其他推车，但一部也没找到。门边两部冷饮贩卖机翻倒在地，早被铁棍撬开，钱币四处散落灰土中。他坐下来，伸手往捣坏的贩卖机内部搜寻，在第二部机器里，触到了冰凉的金属柱体。他慢慢收回手，保持坐姿，看那罐可口可乐。

那是什么啊，爸爸？

好东西，给你的。

什么好东西？

来，坐这里。

他调松孩子的背包肩带，卸下背包，放在身后的地板上，拇指指甲伸进罐顶的铝制拉环，打开了饮料罐。他凑近鼻子感受罐底升起的气体的轻微撞击，然后递给孩子。尝尝看，他说。

孩子接过饮料罐。有泡泡，他说。

尝尝看。

他望向父亲，微微倾倒罐身喝了一口，坐着想了想，说：真的很不错。

是啊，还不错。

你也喝一点吧，爸爸。

你喝。

喝一点嘛。

他接过铝罐，啜饮一口，还了回去。你喝吧，我们在这坐一会儿。

因为我以后永远喝不到了，对不对？

永远是很长一段时间喔。

好吧，孩子说。

隔日黄昏，两人进城。州际公路交错，绵长的水泥路曲线衬着远处阴郁的天光，犹如废弃的巨型主题乐园。他拉开大衣拉链，枪系腰上，安在身体正面。风化干尸四处可见：皮肉脱骨，筋络干枯如绳，紧绷似弦，形体枯槁歪曲，仿若现代沼泽尸[1]，脸色苍白像烧煮过的被单，齿色蜡黄惨淡。他们全打赤脚，犹如同个教派的朝圣团，鞋早被偷走了。

---

[1] 史前古人死后葬于沼泽，因沼泽细菌有利于尸体保存，至出土时可保持形态完好。沼泽古尸较常见于爱尔兰。

两人继续向前走。透过后视镜,他不断留意身后的动静,但飞扬的尘土是路上唯一的骚动。他们渡越高架的水泥桥,桥身横跨河面,桥下有码头,小游艇半陷在灰寒河水中,耸立的烟囱因煤灰而朦胧。

隔天,在城南几英里处的弯路,他俩在枯瘠的灌木林间有些迷路,遇上一幢老木屋,有烟囱、三角墙和一面石砖壁。男人停下脚步,推着购物车滑上车道。

这是哪里啊,爸爸?

这是我长大的地方。

孩子站着注视那房子。护墙板下半部剥落的部分多被拿去做了柴火,露出墙内的立柱和隔热材料,本是后门沿廊的磨损纱窗正横躺于水泥露台。

我们要进去吗?

为什么不进去?

我怕。

你不想看看我以前住的地方?

不想。

不会有事的。

说不定屋里有人。

我觉得没有。

要是有呢?

他站定,抬头望向三角墙内自己的旧房间,然后看着孩子:你要在这里等吗?

不要。你每次都这样。

我很抱歉。

我知道,可是你每次都这么说。

他们把背包放在露台上,在前廊的垃圾中踢开一条路,推门进了厨房。孩子抓着他的手。多半还是他记忆中的模样。房厅是空的,通往饭厅的小隔间里摆了一个空的铁床架、一张金属折叠桌,小巧的壁炉里还放着同样的铸铁制炉架。壁上的镶框消失了,余下框边痕积攒灰尘。他站着,拇指拂过壁炉台,沿漆过的木板触碰一个个裂孔。四十年前,他们在这板上扎图钉、挂圣诞袜。我小时候在这里过圣诞节。他转身望向庭院,院里荒芜一片,枯槁的紫丁香枝叶纠结,状似树篱连延。冬天寒冷的夜晚,要是有暴风雨造成停电,我们会坐在这儿,在炉火边,我跟我姐姐,在这儿做功课。孩子望着他,看幻影攫住他,而他并不自知。我们该走了,爸爸。好,男人说。但他并没有动身。

他们穿过饭厅,饭厅壁炉底的耐火砖颜色如新铺当日一样鲜黄,因为他母亲见不得地砖熏黑。雨水让地板变了形。有只小动物的骨骸在客厅里崩散了,落置成一堆,可能是猫。一只平底杯立在门边。孩子紧握住他的手。两人上楼,拐弯,步入廊道。地上一小团一小团积着发潮的灰泥,天花板里层的木条暴露出来。他站在自己房间的门口,屋檐下的一方小空间。这是我以前睡觉的地方,我的床倚靠这面墙;千百个依童稚奇想织梦的夜,梦里呈露的世界或色彩缤纷或可怖骇人,没有一个像真实的世界。他推开衣橱,多少期待着发现儿时的物品。生冷的天光穿越房顶洒落,色泽与他的心同样灰蒙。

我们该走了,爸爸,可以走了吗?

可以,我们可以走了。

我怕。

我知道,对不起。

我真的很怕。

不要紧。我们不该进来的。

三晚后,在东方山脉的丘陵地,他在暗夜里醒来,听见有东西靠近。他仰躺着,双手摆放在身体两侧。地面颤动,那东西向他们逼近。

爸爸?爸爸?

嘘,不要紧。

怎么回事啊,爸爸?

它越靠越近,越近越响,万物同步颤抖。它像地下列车从他们身下经过,朝暗夜驶去,最后消失无踪。孩子紧依着他哭,小脑袋埋到他胸膛里。嘘,不要紧。

我好害怕。

我知道。没事的。过去了。

怎么回事啊,爸爸?

地震。过去了,没事的,嘘。

最初几年,道路上难民充塞,个个裹着层层衣物。他们戴着面具和护目镜,披挂着破布,坐在马路边,像受伤的飞行员。单轮推车堆满劣质品,人人拖拉着四轮车或购物车。头颅上,双眼闪亮。失却信念的躯壳沿公路蹒跚,犹如流徙蛮荒之地。万物弱点终被突显,古老而烦扰的争议消化为虚空与黑夜。

最终一件保有尊严的情物就此毁灭,消解。顾盼四周,永远,是很长一段时间。然而他心里明白,孩子与他同样清楚:永远,是连一刻也不存续。

天色将晚,一栋废弃的屋子里,孩子还睡着,他坐在灰乎乎的窗边,就着灰茫的光线读一份旧报纸。诡异的新闻,不可思议的关怀:樱草花在晨间八点闭合。他看着孩子睡。做得到吗?那一刻来临时,你能不能做到?

他们蹲在路中间吃冷饭配冷豆子,都是几天前煮的,已经微微发酵。找不到能隐蔽生火的地点,夜里暗黑阴冷,他们在发臭的被褥下依偎着睡。他紧抱孩子,那么清瘦的身体。我的心肝,我的宝贝。然而他知道,即便自己能做称职的父亲,情势或仍如她所料:孩子,是存立于他与死神之间的全部。

岁末了,他几乎无法测知现下是哪个月份。他认为目前的存粮足供两人翻越山岭,但实际情况谁也无法确知。穿越分水岭的隘口长达五千英尺,届时势必非常寒冷。他说过,一旦进入沿海区,凡事迎刃而解,然而夜里醒来,他了悟这想法既空洞也不切实际。他俩很可能困死山中，这也许就是最后的结果。

穿越度假村废墟，走上南向的道路。沿坡，焚毁的林木绵延数英里，他没想到雪下得这么早。沿途不见人迹，四处不见生气，大火熏黑的熊形巨石兀立草木稀疏的山坡，他凝伫石桥上，其下流水低吟着汇入塘坳，缓缓地旋出一处灰蒙的水沫。他曾在这里看鳟鱼随水流摆动，循砾石河床追索鱼群的曼妙暗影。他们继续向前，孩子跟在他身后，艰难行进。他屈身倾向购物车，顺 Z 形山路迂回上坡。山区高处仍有篝火燃烧，深夜，煤灰落尘间透见深橘色火光。天越来越冷，他们生营火整夜漫烧，清早启程还在身后遗下未燃尽的火堆。他拿麻布袋包覆着两人的双脚，用软绳系紧。目前积雪仅有几英寸深，他心里明白，雪再积深，他们就得丢下购物车。眼下前行已不轻松，他经常停下脚步休息，艰难地走到路边，背对孩子，两手扶膝，弯腰咳嗽，起身后泪流满面，灰蒙雪地余留着幽微的血雾。

他俩倚附一方巨石扎营，他取杆子撑起防雨布，造了一棚避难所。生火后，两人拖过一大束断枝来支应当夜的柴火。他们捡枯死的铁杉枝铺在雪上，裹着毯子正对营火坐下，喝完最后一份几周前搜刮来的可可饮料。又下雪了，轻软的雪花自浓黑的夜色散落，他在舒适的暖意中迷糊着瞌睡，孩子怀抱柴火的身影盖在他身上，他注视着孩子喂养那火焰。神派的火龙，引点点星火向上飞冲，然后迫散于杳无星辰的夜空。临终遗言并非全真，一如此刻不踏实的幸福并不虚无。

清晨醒来，柴火已烧尽成炭。他走向大路，万物灿烂，仿若失落的阳光终回大地，染橘的雪地有微光闪烁。高处，山脊如火绒，森林大火映着暗郁的天色沿路漫烧，华美闪亮，犹如北极光。天寒如此，他却驻足良久，那色彩触动了他心中某个遗忘许久的东西。逐一记下，或诵经祝祷。记住这个时刻。

天更冷了，高地里万物静寂。大路上飘浮着燃烟的浓浓气息。他在雪地上推着购物车前进，一天数英里，无从得知山顶的距离。两人吃得俭省，因此无时不在挨饿。他停步眺望整片郊土，低远处有条河。他们究竟走了多远？

梦里她病了，由他来照护。梦的场景虽似献祭，他却有不同的诠释。他并未照料她，她在黑暗中孤独死去。再没有梦了，再没有清醒的时空,再没有故事可说。

在这条路上,再没有人言称上帝。那些人离开了,我留下了,整个世界被他们一并带走。疑问在于:"永不可能"和"从未发生"有什么不同?

暗黑隐匿了月。如今,夜微微抹淡魆黑;向晓,遭流放的太阳环地球运转,像忧伤的母亲手里捧着的灯。

破晓时分,有人坐在人行道上,半似献祭,布衣下的躯体冒着烟。像殉教自杀未遂,旁人会对他们伸出援手。山脊线冒出烈火已持续燃烧约一年之久,人间充满错乱的颂歌。横遭谋杀的人尖声呐喊。清晨,死者沿大路钉挂在木桩上。他们做错了什么?他这么想,遍阅过往,受罚的恐怕比犯罪的更多。这反而令他感到轻微安慰。

空气越来越稀薄,他相信山顶不远了,也许明天就能到达,然而明天来了又走。不下雪了,但路上的积雪有六英寸厚,推车上坡成了费劲的工作。他觉得或许得丢下购物车。没了推车,两个人能背多少东西？他立定，望向荒芜的山坡。烟尘飘落积雪，雪地转白为黑。

每一次拐弯都错觉隘口就在眼前。一晚，他止步环顾周围，认出了所在的地点。他松开大衣领，放下连衣帽，站定了侧耳倾听。风在枯黑的铁杉木间流荡，空寂的停车场在崖顶看台。孩子站在他身边，位置正是许久前的某年冬天他与他父亲站立的地点。爸爸，这是什么呀，孩子说。

深沟。这是一道深沟。

清早继续奋勉向前。天很冷，午后又开始落雪，于是他们提早扎营，在防雨布搭的斜顶棚下蹲着，看雪飘落在营火上。到隔日清晨，地上积了几英寸新雪，但天不下雪了，四周宁静得只听见心跳声。他往旧炭堆上添了新柴，扇动余烬让火再燃烧起来，然后拖着脚步绕过雪堆，把购物车扒找出来。他翻拣出罐头，之后走回来，两人坐在火边吃罐装腌肠配最后几片饼干。他从背包口袋找到最后半包可可粉，冲给孩子喝，自己倒一杯热开水，坐下，沿杯缘吹凉。

你说过你不会这样做的，孩子说。

什么？

你知道我说什么，爸爸。

他将开水倒回平底锅，取孩子的茶杯分一点可可到自己的杯子，又把茶杯还回去。

我得时时盯着你，孩子说。

我知道。

是你自己说的，小信不守，就会背大信。

我知道；我不会了。

一整天都在挣扎着走下分水岭的南向坡。积雪深的地方，购物车完全推不动，他得边开路边单手将车拖在身后。深山里找不到做雪橇的材料，既没老旧的金属标牌，也没锡皮屋顶。包脚的麻布袋彻底被雪浸透，一整天都又冷又湿。他若倚着购物车喘气，孩子便停在一边等。山顶传出尖利的爆炸声，然后又一声。是树倒了，他说，没关系。孩子望向路边枯木。没关系，男人说，树是迟早要倒的，但不会落在我们身上。

你怎么知道？

我就是知道。

他们一直遇上横倒路面的树，只得清空购物车，把家当送到树干对边，再重新装填回车中。孩子翻到被自己遗忘多时的玩具。留下一辆黄卡车在外面，小车稳坐在防雨布上，他们继续上路。

路旁小溪结了冰，两人在溪对岸的一处阶地上安营。疾风吹刮着冰面上的烟尘，冰是黑的，小溪看似一脉玄武岩，蜿蜒过树林。他们到不那么潮湿的北向坡捡拾柴火，把树整棵推倒，拖回营地，生起火，铺妥防雨布，湿衣服晾在立杆上冒气、发臭。两个人裸身裹着被单坐着，男人举着孩子的双脚放在自己肚皮上，给它们取暖。

深夜，他抽抽噎噎地醒来，男人揽抱住他：嘘，嘘，没事了。
我做噩梦了。
我知道。
要告诉你梦到什么吗？
你想说就说。
我有一只企鹅，上发条以后会摇摇摆摆地走，手会上下拍动。我们在旧家，根本没人帮它上发条，它就突然跑出来了，真的很恐怖。

没事了。

梦里还要更恐怖。

我知道，梦真的很恐怖。

我为什么会做恐怖的梦？

不知道。不过都没事了，我去添柴火，你继续睡。

孩子先是不作声，其后又开口说：发条根本没动。

走出降雪区花了四天时间。然而即便在雪线之下，几个道路回弯处仍出现斑斑白雪，流自内陆的雪水淌得路面又黑又湿。两人沿巨壑沟缘步出雪线，远低处，一道河隐匿黑暗中，他们驻足倾听。

峡谷对岸的高石虚张着慑人的气势，有单薄漆黑的树丛攀在那陡崖上。河的声响远逝，又折返回来。冷风从低地向高处吹。他们走了一整天才到河边。

他们将购物车留在停车场，徒步穿越林地。流水递送着低沉的轰隆声，是一帘瀑布翻落高突的岩块，下坠八十英尺，穿过水雾织就的灰幕落入低地水塘。他们嗅到水汽,也感觉到水挟裹的寒凉。濡湿的鹅卵石铺散在河岸。他静立着注视孩子。哇!孩子发出呼声,目不转睛望着瀑布。

他蹲下,捧起一把石头嗅嗅,又噼里啪啦扔下。有的像弹珠,被打磨得圆润光滑;有的像菱形石条,印带纹理。乌黑圆盘石及磨光的石英块都被河面水雾衬得闪闪发亮。孩子朝前走,蹲下捧起青黑的河水。

瀑布奔落处近乎水塘正中央,接合处,水漩搅拌犹如灰白奶霜。他俩并肩站着,腾越水的嘈杂声对彼此呐喊。
冷吗?
冷,水好冰。
想不想下水?
不知道。
你一定想下水。
可以吗?
来吧。
他解开拉链,大衣落到砂砾地面,孩子起身,两人脱光衣物走进水里。面色惨白，浑身哆嗦个不停。孩子单薄，心跳几乎被冷水封停。他把头潜进水中，抬起来大口喘气，转身站定，然后拍打臂膀。

瀑布在我顶上吗，孩子呼喊道。

不是那儿，来这边。

他转身游到水落处，让落水拍击他的身体。孩子立在塘中，水深及腰，抱着肩膀一上一下地跳。男人回头领他，扶他在水上漂，孩子劈击着水面，一边喘着气。你做得很棒，男人说，你做得很棒。

两人颤抖着穿衣，然后爬上小径，往河川上游走。他们沿着似是小河尽头处的岩块攀行，孩子跨踏最后一层岩阶时，他扶了孩子一把。水面在崖壁边缘稍稍缩限，而后直直奔落崖底水塘。可以看到整条河的河面。他依傍男人的臂膀。

真的好远。

是挺远的。

掉下去会死吗？

会受伤，掉下去很高。

真可怕。

走入树林，天光已渐黯淡，两人沿上游夹岸的平滩走，穿梭在枯萎的巨木之间。这是繁茂的南方林，过去藏过八角莲、梅笠草，还有人参，而今杜鹃花木歪曲错结，面目焦黑。他停下脚步，地物和烟尘里藏着什么东西，他屈身扫拾，看见皱缩干瘪的一小丛，摘下一朵嗅闻气味，然后沿边咬一块，嚼了嚼。

是什么啊，爸爸？

羊肚菌，是羊肚菌。

什么是羊肚菌？

一种蘑菇。

可以吃吗？

可以，你吃吃看。

好吃吗？

吃吃看啊。

孩子闻闻那野菇，咬一口嚼了嚼，望向父亲，说：挺好吃的。

他们拔光地上的羊肚菌，让怪模怪样的小草菇堆在孩子的衣帽兜里，又走回大路，找购物车，然后到瀑布奔落的水塘边扎营，洗净草菇上的尘土，放进锅里浸泡。生完火，天都黑了；

他枕着树干切一把草菇丢进煎锅,与罐装青豆里肥滋滋的猪肉末一起安在火上炖煮。孩子看着他,说:这是个好地方呐,爸爸。

吃完小草菇混青豆,他俩喝了茶,又拿水梨罐头做甜点。火生在岩层边,岩层遮护着火。他把防雨布绑在身后以反射火的温热,一方避难所里,两人暖烘烘地坐着,他讲故事给孩子听。他凭印象讲述关乎勇敢与正义的古老故事,到孩子在毯下睡着才停止。添了柴火之后,他躺平饱暖的身躯,听落水在暗阒残败的林木中持续低沉的轰鸣。

早晨,他走出防雨棚,循沿河小径走向下游。孩子说的对,这是好地方,所以他要探寻其他访客的踪影。什么都没找到。站着看水流拐弯奔入潭渊,在渊里卷曲打旋,他捡一颗白石投水,白石转瞬消失,如遭水吞食。他曾像这样临河站立,看鳟鱼在水潭深底闪现,茶色潭水里不见鱼身,除非鱼为取食而腾翻侧背。黑暗深处反射出日光,像岩洞里闪烁的锋芒。

我们不能留在这里,他说。气候一天冷过一天,而瀑布太具吸引力,对我们如此,对其他人也是,我们不能预知来的是谁,也听不见他们的脚步声,这里太不安全。

我们可以多留一天。

不安全。

好吧,那我们在河边另找一个据点。

我们得继续移动,继续向南走。

河不是向南流吗?

不是。

我可以看地图吗?

好,我去拿。

石油公司印的公路图已经破破烂烂,原先用胶带黏在一起,现在一片片散开,纸片一角用蜡笔标号,方便重新组合起来。他检阅颓烂的纸片,摊平合适标定他俩位置的那几片。

我们从这边过的桥,离这里大概八英里远。这是河,向东流,我们循山脉东坡沿路走到这儿。这是我们走的路,图上画黑线的地方,就是州内公路。

为什么叫州内公路?

因为以前归州政府管。以前都说州政府。

现在没有州政府了？

没了。

发生了什么事？

我也不确定。这是个好问题。

但公路还在这。

对，还会在这一阵子。

一阵子是多久？

不知道，大概很久。不可能把路连根拔走，所以暂时不会有问题。

不过汽车跟卡车不会再出现了。

不会了。

好吧。

准备好了？

孩子点点头，举袖口擦擦鼻子，然后背上小包，男人折好地图片，起身，领孩子穿越树的遮拦，回到大路边。

他们脚下，一座桥映入了眼帘。一辆牵引式拖挂车横在桥面，沿车体一侧折成锐角，卡在路边变形的铁栏杆中。又下起雨，雨水滴滴答答轻落在防雨布上。从塑料布下的蓝色阴郁中向外窥望。

我们可以绕过去么？孩子说。

我看不行，恐怕要从底下钻过去，得把购物车清空。

桥拱下是水势湍急的险滩，两人在道路回弯处便听得见急流的水声。一阵风吹落山谷，他们紧拉住盖在身上的防雨布四角，推着购物车上了桥。穿过桥的钢铁结构可看见河面，急流低处，一座铁轨桥搁在石灰岩墩柱上，伸出河面的柱体因涨潮的浸染而变色，疾风吹集起焦黑的树枝树干，阻塞了河道弯处。

牵引式拖挂车已经在这桥上停了多年，轮胎泄尽了气，瘫软在钢圈下。车体正面猛撞桥侧栏杆，后方的挂车被削去了顶部，前端冲挤着拖车的驾驶舱背侧，后端摆甩出去，不但碰弯了对侧栏杆，更有几英尺车身吊悬在峡谷上空。他想把购物车推进拖车底，但把手卡住，进不去，必须将推车放倒了，滑移过去。于是他先让购物车披上防雨布停立雨中，两人劈开鸭子步走进拖车底。他放孩子蜷卧干燥的地面，自己踏上储油槽，抹抹窗玻璃上的雨水，探看驾驶舱，然后爬下油槽，伸手开舱门潜进去，在身后把门带上。他坐下环顾四周，座椅背后有床老旧的宠物睡毯，地上有纸屑，仪表板下方的置物箱开着，里头空无一物。他穿过椅座间隙向后爬，床板架上放着一块阴湿的睡垫，小冰箱门没关，折叠桌收置着，过期杂志散落地板。他依序检视挂在车顶的夹板柜，全是空的，床板下有抽屉，他一个个拉开来，扫视抽屉里的垃圾，然后往前爬回驾驶舱，坐进驾驶座，透过窗面上轻缓汇流的雨水望向外面桥下的河流。雨轻击金属舱顶，步履舒缓的暗夜向万物降临。

当晚，他们睡在拖挂车里。隔日清早雨停了，两人清空购物车，把所有家当从车底运到另一侧，重新装入购物车。前方约一百英尺处有轮胎烧过的痕迹，留下焦黑的残骸。他站着回望拖挂车。你觉得里头有什么东西，他说。

不知道。

我们不是最早经过这里的，所以大概什么都没了。

根本进不去。

他把耳朵贴住挂车车身，手掌大力拍击车身金属板。听起来像是空的，他说。或许能从车顶爬进去。说不定早有人在顶边挖了洞。

拿什么挖洞？

他们总有办法的。

他脱下大衣，横盖在购物车上，踏着牵引车的挡泥板登上引擎盖，再往上爬过挡风玻璃，到驾驶舱顶。他停下来，转身俯望河谷，脚底踩着湿滑的金属板。他低头看看孩子，孩子带着忧虑的神情。他回转身，伸手攫住拖车车顶，慢慢把身体向上抬拉。他能做的就这么多了，好在体重已减轻不少。一条腿跨上车顶边沿后，他挂在那里休息了一会儿，再把身体整个抬拉上去，打了个滚，坐起来。

车顶上有扇天窗，他蹲低身体走过去。天窗顶盖不见了，车厢传出受潮的夹板的气味，以及他再熟悉不过的酸味。他的后裤袋里塞了本杂志，拿出来，撕下几页，揉成一团，取打火机点燃，丢进暗魆的车厢。隐约听见嘶嘶的声音。他扇去烟，往车厢里看，落在地上的星火似将续燃许久。他举手遮挡小火发散的光芒，与此同时几乎可见车厢底边。一车的尸体。以各样姿态躺卧着，干瘪、皱缩，套着腐坏的衣裳。燃烧的小纸球渐渐收束为一缕冷焰，熄灭时刻，白光闪出的幽微样貌似一朵花的形状，一蕊销熔的玫瑰。其后又是魆黑。

那晚,他俩在山脊上的树林扎营,俯瞰广袤的山区平原一路向南延展。依着岩块,他生起炊火,两人煮食最后一把羊肚菌和一盅菠菜罐头。夜里,风暴在山麓上空爆发,噼里啪啦、轰轰隆隆的声响开始对地面轰炸,裸秃苍灰的大地趁着雷电夹带的隐匿火光,在暗夜中忽隐忽现。孩子紧倚着他。待一切过去,冰雹先造一阵短暂的喧闹,才有迟滞阴冷的雨。

他再醒来时,天色依旧阴黑,然而雨势已停,谷底冒出茫茫的火光。他起身沿山脊走,乍见一片烟霭蔓延数英里。他蹲下来细看,能够闻到烟味,于是沾湿指头对向风。他立身往回走,防雨棚里透出灯火,是孩子醒了。漆黑中,雨棚弱不禁风的蓝色形体看似世界边缘终极冒险的极点。一切尽是无可理喻的,就让它无可理喻吧。

隔天,他们整日走在飘浮的烟尘雾霭里。洼地中,尘烟落地如霭气,纤瘦焦黑的林木在坡地上焚烧,如异教祷烛。向晚,两人途经烈火烧灼过的道路,碎石地面犹温热着,略往前走则渐松软如土。黑色的热沥青玛蹄脂吸吻着两人的鞋,他们每一踏步它便在脚下延展成薄细的条带。他们停下脚步。得等一等,他说。

两人回到大路上扎营。隔日清晨再上路,碎石路已冷却下来,但附近又有几条烧熔成沥青浆的小径倏地现身。他蹲下审视路面。夜里有人跑出树林在烧熔的路上走。

会是谁呢,孩子说。

不知道。会有谁呢?

他们见那人步履蹒跚走在前面,微微拖拉着一条腿,不时停下脚步,驼着背,神情茫然地站着,直到重新迈步上路。

怎么办,爸爸?

没事,我们跟着他走,观察一下。

先瞧一瞧,孩子说。

对,瞧一瞧。

他俩跟着那人走了好一段。依着那人的脚程,一整天都要耗掉。最后,那人在路上坐下,再没爬起来。孩子紧抓着父亲的外衣,两人不发一语。那人灼伤的程度一如广漠的大地,衣物被烧得又焦又黑,一只眼睛伤到睁不开,发丝如烟灰制的假发,沾满了虱卵,覆在头壳上。父子俩经过时,那人低下头,像做错了什么。他的鞋上绕着铁丝,裹了一层路面的沥青,他坐着一声不吭,缠包着破布的身躯向前弯折。孩子不住回头看,轻声问:爸爸,他怎么了?

他被雷电击中了。

我们能帮帮他吗?爸爸?

不行,我们帮不了他。

孩子不停拉扯他的外套:爸爸。

别再说了。

我们不能帮帮他吗?

不行,我们帮不了他。没什么可为他做的了。

两人继续前行,孩子沿路哭泣。他不住回头看。走到山脚,男人止步看着孩子,又回望身后的道路:灼伤的那人翻倒在路上,由这距离看去,根本辨不出倒地的是什么东西。很遗憾,但我们没办法给他什么,没办法帮他,我很同情他的遭遇,但我们帮不了。你明白的,对吗?孩子俯首站着,点了点头。此后两人继续向前走,他再也没回头。

入夜，大火散发着幽晦且青黄的光。路边的沟里，静滞的死水因填塞废料而发黑。山麓隐没不现。两人沿着水泥桥过河，水里，团团烟尘混着泥浆慢腾腾地流淌，挟着已成炭的木块。终于，他们止住步伐，转身回桥下扎营。

他一直带着皮夹，直到皮夹尖角将裤袋磨出一个洞。一天，他坐在路边，掏出皮夹检视里头的东西：一点钱，几张信用卡，驾照，妻子的相片。他像赌扑克牌一般，把东西全摊在路面上，将因汗湿而发黑的皮夹扔进树林，然后坐下来抓着相片，最后，同样将它留在路边，起身，两人继续行走。

早晨，他仰躺着，看桥底一角上燕子用土灰筑的巢，然后望向孩子，但孩子别过身去，静卧着注视流水。
我们什么也不能做。
孩子不语。
他就要死了，我们不能分东西给他，要不我们也会死。
我知道。
那你什么时候才肯开口跟我说话？
我在跟你说话啊。

是吗?

是。

好吧。

好。

那些人在河对岸喊他。衣衫褴褛的神祇披挂着破布,无精打采地散列在荒原上。饶富矿质的海水被蒸干,他跋涉枯涸的海底,地表龟裂破碎,犹如瓷盘落地。聚结的沙土上,野火蔓烧成径。远方有人影隐匿。他醒过来,仰躺在暗夜里。

时钟都停在凌晨一点十七分。一道光焰划破天际,其后是一串轻微的震荡。他从床上起来,走到窗边。怎么回事,她说。他没回应,走进浴室扭开灯,但停电了,窗玻璃映着玫瑰色的微光。他单膝跪地,关上浴缸出水口的活塞,将缸上两个水龙头都旋到底。她穿着睡衣站在门边,一只手抓扶着门框,一只手捧着肚腹,问:怎么了,发生什么事?

我不知道。

你为什么要泡澡?

不是要泡澡。

最初几年里，他有一次在荒凉的树林中醒来，躺着听结队的候鸟在刺骨的黑夜临空飞越。曲折的队形半静默地悬在数英里外的高空，环绕地球飞翔的举动，盲目如成群的昆虫蠕爬在碗口。飞鸟远去前，他祝福它们一路顺风。在那之后，同样的声响他再没听过。

他有副纸牌，在某幢屋里的一个五斗柜抽屉里翻出来的。牌面破损了，牌身卷曲不平整，梅花牌也少了两张，但这不妨碍他们有时裹着毯子，就火光玩上几局。他试图回想儿时的牌戏规则，老处女配对牌，某种形式的惠斯特桥牌。他知道自己记得的牌法多半是错，于是编造新的牌戏，赋予新的称谓，比如变态指示棒、小猫乱吐。有时，孩子问起过往，那个于他连回忆也谈不上的世界。他费力地思索该如何回应。并无过往。你想知道什么呢？而他不再编造故事了，那些亦不真实，讲述带给他的感觉不愉快。孩子有自己的想象：南方生活将是怎样，有别的孩子一块玩耍。他试着朝同一方向想，但心不受约束——会有谁家的孩子呢？

没有待办事项，每个日子都听从自己的旨意。时间，时间里没有后来，现在就是后来。人们留怀心尖的恩宠、美善，尽源出痛楚。万事生降于哀戚与死灰。那么，他轻声对熟睡的孩子说，我还有你。

他想起留在路边的相片，觉得自己应该设法让她以某种形式在他俩的生活中存在。可他不知该怎么做。夜里咳醒，他怕吵醒孩子，于是走出棚外，魆黑中循一道石墙移动，身体裹着毛毯，跪倒烟尘中的姿态仿若悔罪之人。咳到嘴里尝出血味，他放声说出她的名字。他想，睡梦中他可能也说过几次。走回营地，孩子醒了。对不起，他说。

没关系。

睡吧。

但愿我在妈妈身边。

他不回话，在孩子包着被单和毛毯的小巧身躯边坐下。过了一会儿，他说：意思是，你希望自己死。

对。

不许说这种话。

可是我真的这么想。

还是不能说，说了不好。

我没办法。

我懂，但你得忍着。

怎么忍？

我不知道。

我们活过来了。隔着灯焰，他对她说。

活过来了？她说。

对。

天，你胡说什么？咱们不是幸存者，是恐怖片里大摇大摆的僵尸。

我求求你。

我不管，你再哭我也不管了，这一切对我毫无意义。

求求你。

别说了。

算我求你。我什么都答应你。

答应什么？我早该动手的，膛里还有三颗子弹的时候就该动手，现在只剩两颗了，我真蠢。这一路我们一起走过，我一步步被带到这里，这不是我自己的选择。我受够了，甚至想过不要告诉你，说不定不说最好。你有两发子弹又怎样？你保护不了我们，你说你愿为我俩送死，但那有什么好处？若不是为你，我会把他一块带走，你晓得我说得出就做得到，那才是正确的抉择。

你疯了。

不，我说的全是事实。那帮人迟早会赶上来杀了我们。他们会强暴我，强暴他，先奸后杀，然后拿我们饱餐一顿，是你不肯面对现实。你宁愿等事情发生再说，但我不行，我做不到。她坐着，抽着一根细而瘦的干葡萄藤，犹如享用着稀有的平口雪茄。一手托着它，姿态优雅，一手环抱膝头，膝盖贴近胸口。她隔着灯焰看他：过去我们谈论死亡，如今却一句不提，为什么？

不知道。

因为死亡已经降临，所以没什么好说的了。

我绝不会丢下你。

我不在乎，对我没有意义。要是你高兴，就当我是偷人的婊子，当我跟了别人，他能给我你给不起的东西。

死神不像情夫。

像，死神就是情夫。

别这样。

很抱歉。

我一个人撑不下去。

那别撑了，我帮不了你。都说女人做梦，会梦见自己照护的人涉险，男人做梦，梦见自己涉险。我什么梦都不做。你说你撑不下去？那别撑了，就到这里；我受不了自己一心出轨已经很久。你说你要选边站队，但根本没得选。我的心早在他出生的当晚就被剥除了，所以别向我乞怜，我没有哀戚之心。说不定你能过得好——我不太相信，但天知道未来会发生什么事情。有件事我能确定，你不可能只为自己好好活下去。我早知你是如此，要不根本不会陪你走到这里。一个人要是没人做伴，就该给自己凑一只大抵过得去的鬼，在呼吸里融入它，说爱的甜言蜜语哄骗它，用虚幻的糕饼屑喂养它，危难时刻拿自己的躯体遮挡、环护它。而我，我只冀求恒长的虚空，全心全意地冀求。

他一语未发。

你无理可说了，因为根本没有道理可言。

要跟他告别吗？

不要，我不要。

明早再说，算我求你。

我现在就走。

她已经起身。

看在老天的面子上,小姐,你要我怎么跟他说?

我帮不了你。

你要上哪儿去?外面什么都看不见。

我什么都不需要看见。

他也起身。我求求你,他说。

不用了,我不会听你。我做不到。

她走了,遗下的淡漠是最后的赠礼。只要有片黑曜岩她就能做到,他亲手教的。岩片锋利如铁,边缘薄如微物。她是对的,他已无理可说,而过去数百个夜,他俩曾正襟危坐,论辩自我毁灭究竟利弊如何,激昂似拴链在精神病院的疯狂哲人。清早,孩子一句话也没有,打包完毕、预备上路的时候,他回看营地,说,她走了,对不对?而他回答,对,她走了。

永远从容不迫,再诡谲的事物降临也不感到吃惊,他是完美进化以达自我实现的物种。他俩坐于窗前,穿着睡袍,就烛光共进午夜晚餐,同时远眺市街大火。几天后她在床上生产,在干电池支持的照明灯的光线中。洗碗用的手套。怪异探露的小圆头顶，条条落着血迹与削直的黑发，腥臭的胎粪。他不为她的哭喊所动。窗外凉气聚蓄，大火沿地平线延烧。他高举细瘦泛红的小身体，后者样态原始且赤裸。拿厨用剪刀剪断脐带，他把儿子用毛巾缠裹起来。

  你有朋友吗？
  有，我有。
  很多吗？
  很多。
  你记得他们吗？
  记得，我记得。
  他们怎么了？
  死了。
  全死了？
  对，全死了。
  你会想念他们吗？
  会啊，我会。
  我们往哪走？

我们往南走。

好。

他们整日走在绵长焦黑的大路上，仅午后歇脚，从所剩无多的存粮中节制地拣东西吃。孩子从背包取出玩具卡车，捡小棍在烟尘地上勾出道路的形状，缓缓驱车上路，口里模拟着车声。天几乎是暖的，两人躺在落叶上，背包垫在头下。

他惊醒，转身侧躺着细听，然后慢慢抬起头，枪握在手里。他低头看孩子，再回看大路，一帮人影已闯入视线。我的天，他轻声说。他伸手摇醒孩子，同时紧盯路面。那伙人拖着脚在烟尘里走，头上戴着帽兜，来回左右巡看，其中几个戴防毒面具，一个穿抗菌衣，全身又脏又黑。他们晃荡着，手里拄的杖是截段的水管，沿路干咳。他听见来人身后的大路传来声响，像柴油货车的声音。快，他压低嗓子，快点。他把枪塞挂腰间，拽起孩子的手，拖起购物车穿越树木，放倒在不显眼的地方。孩子吓得动弹不得，他把孩子拉到自己身边。没事，他说，得跑一段，不要回头看，快来。

他把背包甩在肩上,两人在断碎的蕨叶丛中狂奔,孩子吓坏了。快跑,他低声说,快点跑。他回头看,货车隆隆驶入眼帘,几个男人站在车斗上向外望。孩子摔跤,他拉起来。没关系,他说,快走。

林木间他看到有条截线,以为是水道或穿林小径,两人穿踏蔓草,结果发现跑上一条老旧的车道,尘土堆间出现了一块块断裂的碎石铺面。他把孩子拉倒,两个人伏在车道边的坡下,竖耳细听,大口喘气。他们听柴油引擎在路上移动,天晓得它靠什么运转。他抬身张望,恰见货车顶沿路滑移,几个男人站在围着铁杆的车斗里,其中有人托着来福枪。货车驶过,浓黑的柴油烟盘绕在林间。马达声十分有力,像迷了路,晃悠着,之后戛然停止。

他沉下身子,手放在头顶上。天啊,他说。他们听大车喀喀作声、噗噗震动,直到停止运转,之后一片寂静。他握着枪,却不记得曾从腰间拔枪。他们听那帮人说话,然后松开车门闩,拉起车顶。他一手环抱孩子坐着,没事,他说,没事。过了一会儿,又听见卡车重新上路,迟缓挪动如船只,发出呜隆隆、吱吱喀喀的声音。除却推车，一帮人想不出其他发动货车的方法，但在斜坡上也推不出足供发动的车速。几分钟过去，大车噗噗作响，震动摇晃，再度停了下来。他再抬头，二十余英尺外，一人解着腰带穿踏杂草走来。两人不敢有任何举动。

他抬起手枪对准那人，那人一手露在身体侧边，污黑皱烂的口罩随着呼吸一起一伏。

继续走。

那人望向大路。

不准回头，看着我。敢叫，你就死定了。

那人走上前，一手托着裤腰带。腰带的扎孔标记他消瘦的进度，皮带边侧光滑，因他习惯拿刀在上头摩擦。他下边坡走上旧车道，看看枪，看看孩子。眼眶围了一圈尘垢，眼球深陷其中，像脑壳下藏了只野兽，正穿透眼洞向外张望，山羊胡底端剪平，颈部有鸟形刺青，替他文身的人应对禽鸟外形没有概念。他的身体精瘦结实，佝偻，穿一条藏青色的肮脏连体工装裤，黑色鸭舌帽正面绣着某消亡企业的商标。

你要去哪儿？

我去拉屎。

你们开货车去哪儿？

不知道。

不知道是什么意思？口罩脱掉。

他把口罩拉过头顶脱下，抓在手里站着。

意思就是我不知道。

你不知道你们要去哪儿？

不知道。

货车靠什么发动？

柴油。

你们有多少？

车斗里有三个五十五加仑的大圆桶。

你们枪里有子弹吗？

他回头看向大路。

叫你不要回头。

有，有子弹。

哪里来的？

捡到的。

胡扯。你们吃什么？

找到什么吃什么。

找到什么吃什么。

对。他看看孩子。你不会开枪,他说。

那是你的看法。

枪里不会超过两发子弹,搞不好只有一发,他们一定会听到枪声。

没错,但你听不到。

怎么说?

子弹速度比音波快,你来不及听到枪声,脑袋就开花了。想听枪声你得有脑前叶、神经丘、颞回之类的东西,但那时你什么都没了,全化成浆了。

你是医生?

我什么都不是。

我们有个人受伤了,可以劳烦你看一下。

我看起来很笨是不是?

我不清楚你看起来怎么样。

你看他做什么?

我爱看什么就看什么。

你休想。你再看他一眼我就开枪。

孩子双手抱着头顶坐着,从双臂之间的空隙注视这一切。

孩子一定饿了,要不你们跟我到车上,吃点东西?何必搞得这么严重。

你们根本没东西吃。跟我走。

去哪儿?

跟我走。

我哪儿都不去。

不去?

对,我不去。

你要是以为我不会杀你,那你就错了。但我更愿意拖你走上一英里路再放过你,我只需要这点优势。到时你找不到我们,连我们走哪条路都不知道。

知道我怎么想?

你怎么想。

我想你是个孬种。

他放掉手中的裤带,它同上面挂的装备一并跌落路面。军用水壶,古旧军用帆布袋,皮制刀鞘。他再抬头,那恶棍已手持尖刀。他只及走出两步,但那人已差不多挡在他跟孩子中间。

你这是想干什么?

他没回话。那人块头很大但身手矫健,一扑身攫住孩子,在地上打个滚,再站起来,孩子被抵在胸口,刀架在孩子喉头。男人卧倒随他翻滚一圈,两手握枪平架膝上,从六英尺外瞄准射击,那人随即后仰倒地,鲜血自额前弹孔汩汩冒出,孩子躺在他膝边,木然毫无表情。他把枪塞回腰间,背包甩在肩上,抱起孩子掉转朝向,将他高举过头放在肩上,开始沿旧车道死命奔跑。他抓住孩子膝盖,孩子紧抓他的额头,披戴血污,静若木石。

林木间,两人碰上一座老旧铁桥,桥下,道路尽处与溪流尽处相交。他开始呛咳,却因换不过气而咳不出声。他冲下车道转入树林,回过身立定喘息,努力谛听动静,但听不到一点声音。他苦撑着多跑了半英里,终于跪倒,在烟尘落叶间卸下孩子,抹开他脸上的血污,揽抱住他。没事了,他说,我们没事了。

魆黑降临,他在绵长阴冷的夜听到过那帮人一次,于是把孩子拉近。喉头咳意良久不去,外衣下,孩子身体如此脆弱单薄,像小狗一样浑身颤抖。败叶间脚步停歇,重又开步向前。那帮人既不交谈也不彼此呼唤,更显出心机险恶。最后一抹夜色来袭,利如钢铁的寒气扣降大地，孩子开始剧烈颤抖。黯夜无月，他们两人无处可去。背包里仅有一条毛毯，他取出来盖在孩子身上，拉开大衣，拥孩子傍住自己。躺卧许久，两人都冻僵了，最后，他坐起来。我们得动一动，他说，不能就这么躺着。他四下张望，四下里无可观觑。他向暗夜发声，夜无深度，失却空间感。

在树林里跟跟跄跄，他一路握着孩子的手，另一手举在身前摸索。完全闭上双眼，视线也不会更糟。孩子身上裹着毛毯，男人叮嘱他不可掉落，掉了便找不回来。孩子要他抱，他让孩子保持移动。一整夜在林间步伐歪斜，跌跌撞撞，未及天亮，孩子摔了一跤，不肯再爬起来。他把孩子包在自己外套里，用毛毯裹紧，坐下搂住，一前一后地摇晃。只剩一发子弹。你就是不肯面对现实，你就是不肯。

到白日勉强派出一丝光亮，他在林叶间将孩子放下，坐下审视林木。再明亮些，他起身向外走，在露天栖所外围环视一周，探察动静，却一无所获，除却两人在灰土上落下些微踪迹。他回头接孩子。该走了，他说。孩子垂头坐着，神色木然，发间的秽物已凝干，颊上的污痕条条缕缕。跟我说说话，他说。但孩子不肯。

他们穿过直立的枯木向东走,经过一幢老旧的木架房屋,一条泥巴路,一小块空地,可能曾是蔬菜农场。他不时止步细听。隐匿的日光并没有投下暗影。不期然走到大路边,他伸手拦住孩子,两人像麻风病患,蜷缩在路旁水沟里竖起耳朵。路上无风,一片死寂。少顷,他起身走到路上,回过头看孩子。来吧,他说。孩子上前,他指着尘土上的辙痕,证明货车已经离去。孩子立在毛毯里,低头静看路面。

他不知那帮人怎么开动货车,也不知他们会隐身埋伏多久。把背包放下,他坐下打开行囊。得吃点东西,他说,你饿吗?

孩子摇头。

不饿,想必不饿。他拿出瓶装水,扭开瓶盖递出去,孩子伸手接下,先站着喝,之后放下瓶身呼口气,盘腿坐在路上又喝几口,才把水瓶递回去。男人啜饮之后把瓶盖盖上,回身在囊袋里翻找。两人共享一盅白豆罐头,一来一回轮着吃,吃完,他把空罐扔进树林,重新上路。

货车上的那伙人在路上扎了营，生起一团火。炭黑的木块混着烟灰、白骨，嵌进了焦融的柏油路。他蹲下，手在柏油路面上方展开，路面轻散温热。他起身望向大路，带孩子走回树林。

在这等，我不会走远，你叫我我听得见。

带我去，孩子说，表情像要大哭一场。

不行，你在这等。

求求你了，爸爸。

别说了，你要听话。枪拿着。

我不要拿枪。

我没问你要不要拿枪。拿着。

他沿林地走回稍早安置购物车的地点，购物车还在，却遭洗劫一空。残余的东西散落林叶间，包括孩子的书和玩具，他的旧鞋和破衣裳。他扶起购物车，把孩子的东西放进去，先推到大路上，再转身回来。现场空无一物，败叶中凝干的血迹颜色暗沉，孩子的背包已不见踪影。再返回，他看见成堆的骨皮堆落一处，在石头底下压着。一摊内脏。他拿鞋尖推散骨堆，看来白骨烹煮过，衣物一件不剩。暗夜又降临，天候已经转冷，他回头走到孩子停留的地方，跪下将孩子手臂绕在自己身上，紧紧拥抱他。

　　两人在林木间穿行，一路将购物车推到旧车道边丢弃，然后趁夜色顺着大路迅疾南奔。太累了，孩子左摇右摆，男人把他抱起来，扛在肩上继续前进。赶到桥边天已全黑，他把孩子放下，父子俩摸黑走下堤防。上桥前他拿出打火机，点燃，借着摇曳的火光扫视地面，地上是溪水冲积的泥沙和石砾。放下背包，收起打火机，他抱抱孩子的肩膀。魆黑中，能勉强辨识他的模样。你在这里等，我去找柴，得生把火。

　　我怕。

　　我知道，我就在附近，听得见你的声音，害怕就叫我，我马上回来。

　　我真的会怕。

　　我越早去，越早回来，到时把火生起来你就不怕了。不许躺下，你一躺下就会睡着，要我喊你，你不回话，我就找不到你了，懂吗？

　　孩子闷不作声，他差点发了脾气，后来察觉孩子在黑暗里摇头。好啦，他说，没关系的。

他爬上河堤，走进森林，双手在身前摸索。到处都有柴薪可拾，断枝残干四散地面，他拖着脚把枝干踢成一堆，凑到一臂可以抱住的量才弯腰捡拾，然后呼叫孩子，孩子应声，又发声指引他回到桥边。两人坐在黑暗中，他用刀将大木条削块堆高，折断小树枝，从口袋摸出打火机，拇指击扣点火轮，打火机里液化的气体绽出微弱的青蓝光焰。他弯身引燃火种，看火星顺树枝向上燃烧，于是堆加更多的柴火，弯腰向小火底处轻轻吹气，徒手整顿柴薪来引导火势。

他又往树林跑了两趟，将成把木柴、树枝拖到桥边，推挡在一旁。一定距离内，他看得见火光，但从大路对侧应该看不见他们。他看出桥下是滩静黑的死水，夹在石头堆中间，滩缘结冰，圈成歪斜的面。他兀立桥面，踢弄最后一堆柴火。火光中，呼气化为白烟。

他盘坐沙堆点数背包内容物：望远镜，半品脱装的汽油罐几近全满，瓶装水，一把铁钳，两根汤匙。他把东西全摆出来排成一列，有五小瓶罐头。他选一罐腌肠、一罐玉米，拿小型军用开罐器打开，放在火边，两人坐着看罐面标签熏黑、卷曲。

玉米一冒气,他拿铁钳把两瓶罐头夹开,父子俩握汤匙就着罐头慢慢吃,孩子已不住点头瞌睡。

吃饱了,他带孩子到桥下的碎石滩,用木棒推开岸边薄冰,跪低身子清洗孩子的头脸。水太冷,孩子哭叫起来。他俩沿滩寻找清水,帮孩子把头又洗一遍,他想尽可能洗得仔细,最后因为水冻得孩子呜咽而停手。沐着火光,他跪在地上拿毛毯把孩子抹干,桥基的影子零碎地投在对岸布满树桩的岩壁上。我的孩子,他说,他发间的脑浆,我为他洗净,这是我该做的事。他把孩子包在毯里,抱到火边。

孩子坐着左摇右晃,男人看住他,怕他倒在火里。他在沙里踢出两个洞让孩子睡下,一个支托肩膀,一个支托臀部,然后坐下搂住孩子,迎火翻拨、烘烤孩子的发丝,像古老的膏油礼[1]。就这样吧,召唤规矩与形式。一无所有时候,凭空构造仪典,然后靠它生活下去。

---

[1] 在人体涂抹油膏的宗教仪式。以油膏象征神力,可驱除疾病或邪灵。

寒夜里醒来，他起身又劈了些柴火。炭火间，细瘦树枝烧出炽热的橘红色。他把火吹燃，铺上柴火，交叠双腿坐下，背靠着石砌的桥墩。厚重石灰岩堆在一起，并无灰泥黏合。顶上的铁制桥身锈成棕色，有揳实的铆钉、枕木、十字形基底。他身下的沙土触感温热，火堆另侧的寒夜却锋利如刀。他起身将新柴拖入桥下，其后立定倾听。孩子一丝不动。他在孩子身边坐下，抚拨孩子浅淡纠结的头发。金黄色的圣杯，合宜神居，请别向我透露故事的终局。再望向桥外黑夜，天开始降雪。

他俩既有的柴火全是短细树枝，营火顶多再烧一小时，或再久一些。他把其余的木柴拖进桥底劈断，踩着枝干把木条折成一段段，以为会吵醒孩子，却没有。潮湿的枝条在火里窸窣作响，雪持续落下。明早可以检视路上有无人迹。一年多来，这是他第一次同孩子以外的人交谈。总算来了同伴。心机卑劣，尽藏冰冷、闪烁的双眼，齿列灰糊、败烂，沾覆人身血肉。在他们眼里，尘世万物皆是谎言。醒来时风雪已停，桥外裸秃的林地在朦胧晨色中现形，映着白雪，林木愈发显得焦黑。他屈身躺着，两手夹在膝间，而后挺坐起来，拨燃营火，在余烬中放下一瓶甜菜罐头。孩子蜷躺在地上看他。

树林里聚着一落落新雪，有的攀在枝上，有的包在叶里，全混了尘灰化作泥灰色。父子俩步行到暂停购物车的地方。他把背包放进车里，把车推到路上，路上并无人迹。透澈的寂静中，两人驻足倾听，而后出发，沿途踏着涩灰的融雪。孩子手插着口袋，走在他身边。

一整天步履艰难，孩子静默无语。午后积雪融尽，雪水沿路流动，才入夜路面已干。他们丝毫不停歇。走了多少路了？约莫十英里，或十二英里。以前，他们在路上玩滚铁环，用五金店找来的四个不锈钢大垫圈。如今垫圈已随其他家当消失不见。当晚两人在谷底扎营，贴附着一小堵岩壁生火，吃光最后一个罐头。他特意把这罐留到最后，因为是孩子最喜欢的口味，猪肉混青豆。父子俩看罐装料理在炭火间缓缓冒泡，他取铁钳把罐头夹出来，两人吃着，不发一言。他拿水轻冲铁罐，冲得的清汤再给孩子喝，什么也不剩。我早该细心一点，他说。

孩子沉默不答。

你得开口跟我说话。

好。

你老想知道坏人长什么样子，现在知道了。这种事以后还可能发生。照顾你是我的责任，是上帝派给我的工作，谁敢碰你，我就杀了他，这样你懂吗？

懂。

他头上盖着毛毯坐着，过了一会儿抬起头。我们还是好人吗？他说。

是啊，我们还是好人。

我们永远是好人。

对，永远是好人。

好。

清早，两人走出河谷回到大路。稍早，他在路边捡到一块竹料，为孩子刻了一支直笛。他把笛子由外衣取出交给孩子，孩子静静收下。过了一会儿，孩子落到他身后，再过一会儿，便听见笛声。乱无章法的乐声为来日谱作。又或成就世间最后一丝乐音，自寰宇废墟、颓散的烟尘里吹奏。男人回头看向孩子，孩子专注在自己的世界里。在他眼中，孩子像逐乡逐村宣告流浪戏班到访的传报童，形貌哀伤孤僻、矮小丑怪，全然无知身后整个戏班全给野狼夺去了生命。

山巅上,他交叠双腿席坐落叶堆,举起望远镜扫视脚下溪谷。景物凝静如画,依序铺列着溪流,一座深色的、石板屋顶的砖头磨坊,铁圈紧箍着老旧的木水塔。杳无烟迹,亦无生息。他放下镜筒,坐着以肉眼观望。

看见什么,孩子说。

没有。

他递出望远镜。孩子把背带挂在颈上,镜筒举到眼前,调转焦距。四周一切皆尽凝止。

我看到烟,他说。

哪里?

建筑物后面。

什么建筑物?

孩子把镜筒交回去,他重调焦距。极致淡薄的烟迹。有,他说,我看见了。

怎么办,爸爸?

我觉得我们应该绕过去看看。只是要小心。如果是公社,他们会设栅栏,也可能只是路上的难民。

跟我们一样。

对，跟我们一样。

如果是坏人怎么办？

得冒些险，我们要找东西吃。

推车留在树林里，跨越铁道，滑下布满枯黑树藤的陡峭边坡。他手里握着枪。跟紧，他说。孩子照做。他俩过街的动作像排雷小组，一次穿越一个街区。空气里隐隐飘着燃烟的气味。他们在一栋百货店里停下，观察市街动静，但街上毫无响动。两人在垃圾和瓦砾堆间行走，橱柜抽屉全被拉出来，散在地上，四处是纸屑和膨胀变形的纸箱。父子俩什么也没找到。店铺几年前便遭洗劫一空，多数窗户根本没有玻璃，店里暗得什么也看不见。他俩爬手扶梯上楼，条条棱纹覆盖着钢制台阶。孩子紧握他的手。衣架上吊着几套西装，他们想找鞋子但没着。在废物堆里跌跌撞撞，连一件有用的东西也没看到。再回头，他从衣架上拿出几件西装外套，随手抖抖，折起，搭在胳膊上。走吧，他说。

他相信自己必定看漏了什么，但什么也没有。食品卖场的过道上，他俩一路踢着垃圾走。老旧的包装和纸料，陈年灰垢。

他逛遍货架寻找维生素，打开冷藏库，腐尸的酸臭气味自黑暗中倾泻而出，他随即将门带上。父子俩伫立街头，他注视着灰蒙的天空，两人一呼气便化成薄雾。孩子累了，男人牵起他的手。多逛一下，他说，我们得继续找。

小城边界那几栋房子也没能给他们提供什么。他们从屋后的楼梯进入厨房，开始翻箱倒柜。柜门全敞开着。有罐发酵粉，他站在那儿盯着它。他们进饭厅，检查碗柜每一层抽屉。客厅里，一卷卷剥落的壁纸摊在地上，像古代卷宗。他留孩子抱着西装外套坐在楼梯上，自己走上楼。

一切都带着潮湿腐败的气味。楼上第一个房间里躺着一具枯槁的尸体，裹尸布拉到颈边，腐化未尽的发丝散在枕上。他抓着毛毯下缘将毯子扯下床，抖了抖，夹在臂下，然后一一检视五斗柜、壁橱，然而除却一套夏装搭在铁丝架上，房里空无一物。走下楼，天要黑了，他牵起孩子的手，两人穿过前门回到街上。

走上山顶后，他转身审视背后的小城。黑夜疾速降临，四周晦暗冰冷。他在孩子肩上披上两件西装外套，把他连同大衣全遮掩住。

爸，我真的好饿。

我知道。

还找得到我们的东西吗？

找得到，我知道在哪里。

被别人找到怎么办？

别人找不到。

但愿别人真的找不到。

不会的。走吧。

什么声音？

我没听见。

认真听。

我没听见有什么声音。

侧耳细听，远处传来狗叫声。他回身望向渐趋昏暗的小城。是狗，他说。

狗？

对。

哪里来的狗？

不知道。

我们不会杀死它吧,爸爸?

不会,我们不杀它。

他低头看孩子,孩子在外套里直打哆嗦。他弯身亲吻孩子坚定的眉头。我们不杀狗,他说,我保证。

两人睡进停在高架桥底的汽车,全身堆满西装外套与毛毯。暗阒的夜,建筑物的窗格里不时闪出些微火光。高楼尽归黑暗,在高楼藏身不但得提水上楼,也容易暴露行踪。而那些人能吃什么?天晓得。他俩裹着外套探看窗外。那些人是谁啊,爸爸?我不知道。

他夜里醒来,躺着听窗外的声音,全然记不得自己身在何处,于是笑起来。我们在哪儿呢?他说。

爸,怎么了?

没事,没什么事。你睡吧。

我们会好起来的,对吗,爸爸?

是啊,会好起来。

而且坏事不会落在我们头上。

没错。

因为我们有火炬。[1]

对，我们有火炬。

清晨，冷雨大落。雨水在桥外路面上狂舞，甚至洒入桥下，泼满了车身。两人坐在车里，透过玻璃窗上的雨渍向外望去。待雨势趋缓，一天里不错的时段也已过去。他们把外套和毛毯留在后座地板上，顺大路回头又搜了几间屋子。湿润的空气仍夹着燃烟，但没再听见狗吠。

父子俩找到几样厨具，几件衣服，一条汗衫，可充作防雨布的塑料。他确信有人正监看他俩的一举一动，但他看不见任何人。他们在储物间找到玉米粉，盛装的麻袋许久前被老鼠咬过。他把粉末撒在纱窗一角筛过，捡出一把干粉块，到屋前的水泥廊道里生火，捏了玉米糕放在铁皮上煮。两人一块接一块慢慢吃，剩下的他用纸包起来，放进背包。

---

[1] 原文为 we're carrying the fire，后文亦多次出现此表述，原典多记载于《圣经》和拉比文献，描述的是当先知或拉比被圣灵浇灌时，有火焰相伴出现的场景，用以表示神的临在或人被圣灵充满。

孩子坐在台阶上，忽见对街屋后有东西闪过。一张脸正对着他，是个男孩，跟他差不多大，身上裹着尺寸过大的羊毛外套，袖子甩在后边。他站起来，过街冲上车道，那人已消失不见。他望向房子，踏上枯坏的草皮向院子角落跑去，一直跑到凝滞污黑的溪边。你回来啊，他喊，我不会伤害你。他杵在原地放声呐喊，爸爸狂奔过街，抓住他的手臂。

你干吗，他发出嘘声示意孩子安静，你做什么？

有个小男孩，爸爸。我看到一个小孩。

没有什么小孩，你这是做什么？

有，我看到他了。

我叫你坐着别动，我是不是叫你不要乱动？好了，我们要走了，走吧。

我想看看他，爸爸，我只是想看看他。

男人抓着孩子的手臂，穿过庭院往回走。孩子不住地哭，不住回头望。走吧，男人说，我们要走了。

我想看看他，爸爸。

根本没人可看。你想死吗？真的想死在这里吗？

我不管，孩子说，抽抽噎噎，我才不在乎。

于是男人止步。他停下脚步，蹲下来抱住孩子。对不起，但你不能这么讲,我不许你再这样说。

他们沿湿漉漉的大街走回高架桥,到车里收起外套毯子,继续走向先前爬过的铁道边坡,穿越铁轨回到树林,取了推车,朝高速路方向走。

要是没人照顾那个小孩怎么办,要是他没爸爸怎么办?

那附近有人在,只是躲起来了。

他把购物车推上大路,停下脚步。濡湿的尘灰里有货车走过的痕迹。车胎的痕迹不明显,且被雨水冲过,但它确在那里。他觉得好像还能闻到那帮人的味道。孩子扯扯他的外衣。爸,他说。

什么事?

我担心那个男孩。

我知道。他不会有事。

我们回头接他去,爸爸,我们去接他,带他一起走。我们把他带走,也把狗带走,狗会抓东西给我们吃。

不行。

我分一半食物给那个孩子。

别说了。不行。

孩子又哭起来。那他怎么办,孩子抽抽噎噎地说,那个小孩怎么办?

　　傍晚,两人在路口坐下,他将地图碎片摊在路上研究,指着图。我们在这里,就这里。孩子不肯看。他继续研究图上红黑线条织成的路网,指着他认定是两人位置的岔路口,仿佛看见他俩的小小分身蹲伏在图里。我们往回走吧,孩子轻声说,路不远,现在还来得及。

　　他们在路旁不远的林地搭了一处干爽的帐篷,因为找不到隐蔽处,所以没生火。一人吃了两块玉米糕后,一起盖上外套、毛毯,蜷在地上睡。他把孩子拥在怀里,不一会儿,孩子不发抖了,再一会儿,他睡着了。

　　他记忆里,那条狗跟了两天。我想引它走近,但它不肯,只好拿铁丝做索套抓它。枪里有三发子弹,没有多的分给狗。它沿路走开了,孩子看着它的背影,然后看看我、看看狗,开始哭着求我饶它一命,我答应他不会杀狗。其实也只是一具狗形骨架附着毛皮。隔天,狗不见了。这便是他记忆中的狗。他没见过什么小男孩。

之前他把一捧枯皱的葡萄干用布包起来收进口袋，正午，两人坐在路边干草堆里吃这把葡萄干，孩子看着他，说，吃完这些就什么都没了，对吗？

对。

我们快死了吗？

不会。

那我们怎么办？

喝水，然后继续顺着路走。

好吧。

入夜，他们踩着沉重的步伐穿越一亩野地，沿路寻找可供生火的隐蔽地点，购物车拖在身后。郊野里前途渺茫，但明天会找到东西吃。暗夜循烂泥路追上他俩的脚步。他们跨进另一亩野地，继续拖着步伐向远处耸立的林木走去。天光里，映着大地最后一抹残影，树木显得苍秃、黝黑。抵达树林，夜幕已尽数降落。他牵着孩子的手，踢聚起一堆树枝，燃起营火。树枝泛潮，他取刀削去外皮，把树枝和木条堆在四周烘烤。其后，在地上铺一块塑料，自推车取来外衣、毛毯，脱下两人透湿、裹满泥巴的鞋，与孩子静静坐下，伸手向火焰取暖。他想说些什么，却想不出有什么可说。这样的感觉以前也曾有过，超越了麻木与迟滞的绝望。世界凝缩到只剩原始、易辨析的核心元素，万物名号随实体没入遗忘。色彩，飞鸟，食物，最后轮到那些人们一度信以为真的事物。名目远比他想象的脆弱。究竟流失过多少东西？神圣的话语失却其指涉，也丢失了现实。凝缩着，像是意欲借此保有些许温热，直至某个转瞬，在时间里永远消失。

精疲力竭的两人沉沉睡了一夜。清早，营火熄了，地面一团焦黑。他套上沾满烂泥的鞋去捡树枝，双手捧起，不住朝里哈气。太冷了，可能是十一月天，也可能再晚一点。火生起来后，他走到林地外缘，立身眺望整片乡野。田园了无生气，一座粮仓孤单地立在远方。

他俩沿泥路步行，绕经一座小丘，丘顶原有一栋房子，但已焚毁许久。地窖有只锈坏的火炉，杵在污水里。林野间，炭黑的金属房顶因风力而卷曲。他们从谷仓搜出几把谷物，就地站着，混着尘土吃掉。金属料斗底部积灰太多，他差点辨不出谷粒。吃完了，穿过林野走向大路。

循石墙路经一处荒废的果园，排列工整的果树布满节瘤，呈焦黑色，断落的树枝在地面盖了厚厚一层。他停步看着林园。有东风，轻软的烟尘沿田沟翻滚，歇止，又继续滚动。类似的场景他见识过。残草间凝干的血迹片片，还有内脏兜成的苍灰的罗圈。死尸先在此处沾染尘灰，再被拖往其他地点。外墙上吊挂一串人头，面向一致，而且一样的面容干枯、龇牙咧嘴、眼眶深陷。他们干皱如皮的耳垂戴着金耳环。头顶上，稀疏灰败的发丝随风纠结，齿白如牙科模具。自制药水文染的刺青随疏落的日光逐步褪色：蜘蛛，刀剑，标靶，蟠龙，北欧符文，拼错的信条标语。陈年旧伤的裂口用古旧针法缝补。头颅不是被捶打得歪七扭八，便是被剥去头皮，生裸头骨漆上了颜色，前额潦潦草草地签上名号。其中，有具未上色的白骨，骨片接缝处小心翼翼镂染了墨色,活像装配骨件的蓝图。他回头看孩子。风里，孩子静立推车边。他看随风摆荡的枯草，看暗夜和成列纠结的果树。墙上飘挂着几片碎布,尘烟中万事灰蒙。最终一巡，他沿墙查看吊挂其上的面罩，走出园门，回到孩子等候处，伸手环抱孩子肩头，说：好了，我们走吧。

近来，每项经历都为他带来启示或警讯。同类相残、同党互食的情景确然存在。清晨睡醒，他在毯下翻身，视线穿透树林回望来路，恰好看见四名行者并列走来。一干人的行头各异，只是颈上都挂着红领巾，绯红或亮橘，总之尽其所能接近红色。抚按孩子头顶，嘘，他说。

怎么了，爸爸？

路上有人。头放低，别偷看。

熄灭的火堆已不再冒烟，推车也不会被看见。他滚到泥地上，趴着观望。大队人马穿着网球鞋迈步，手握三尺圆管，腕上套着绳索。圆管都有皮革包覆，有些尾端穿附着铁链以配挂各式短棍。他们叮叮当当走过，步伐摇摇摆摆，像发条玩具。脸上蓄着胡须，一呼吸，便朝口罩外冒出水汽。嘘，他说，嘘。紧跟在后的队伍手持短叉或长矛，矛头缚着丝带，细长刀身由卡车的车架弹簧锤炼成，应是出自内陆铸铁厂。孩子趴着，脸埋在臂弯里，十分惊惧。大队走出两百英尺远，地面仍在微微颤动。他们重重踏步，身后的置物车堆满军用品，全由奴隶以挽带拖着。车后是女人，约莫十来个，其中几个怀有身孕。殿在队伍最末的是一帮备用男妓，戴着项圈，寒天里衣不蔽体，一个连一个拴套成串。他们都过去了，两人还趴在地上细听。

都走掉了吗，爸爸？

对，都走了。

你看到他们了？

是。

他们是不是坏人？

是，他们是坏人。

坏人很多吗？

很多，不过都走了。

他们从地上起来，拍拍身上的灰尘，依然仔细察听远方，而远方已无动静。

他们要去哪儿啊，爸爸？

不晓得。这帮人四处流窜，不是什么好事。

为什么不是好事？

总之不是好事。我们得把地图找出来看看。

稍早他们将购物车藏在灌木丛里，现在把它拖出来，扶正，堆上毛毯、外套，推到大路上。望向行进者们远去的方向，衣衫褴褛的队伍末段仍如残影在被搅动的空气中徘徊。

下午又开始落雪。他俩止步,看苍灰的雪花自沉沉郁黑中散落,然后继续跋涉向前。暗黑的路上盖着软乎乎的烂泥,孩子脚步不断落后,他不得不停下来等待。跟紧,他说。

　　你走太快了。

　　那我走慢一点。

　　两人继续前行。

　　你都不讲话了。

　　我在讲话啊。

　　要休息一下吗?

　　我一直想休息啊。

　　我们要小心一点。我得更谨慎。

　　我知道。

　　等一下就休息,好吗?

　　好。

　　等找到合适的地方。

　　好。

　　大雪将他俩团团包围,道路两旁的景物完全看不见了。他又咳起来,孩子不停打战,两人并肩走在塑料布下,推购物车穿越风雪。终于，他停下脚步，孩子已抖得控制不住。

得停一下，他说。

真的很冷。

我知道。

这是哪里？

这是哪里？

嗯。

我不知道。

我们快死的时候，你会不会跟我说？

不知道。我们不会死的。

两人在一块草地上把购物车放倒，拣出外套、毛毯，拿塑料防雨布包住，再度出发。抓紧我外套，他说，别放手。两人横越草地走到篱笆边，互为对方压低铁丝，方便彼此穿爬到另一边。铁丝很冰，手一压，胶固钩环吱吱作响。天色疾速变黑，他们继续前进，进入一片杉木林，树木虽枯死、焦黑，树冠却盛得住雪，每株树下留下一大圈混着黑土的针叶堆。

他们在树下安营，毛毯、外套铺在地上。他用毯子将孩子缠裹起来，再把枯干的针叶耙拢成堆，伸脚在雪地里清出一块能点火的地方，从邻近树冠下搜捡木柴，采折树枝，抖去残雪。刚对着火种引燃打火机，团火即噼里啪啦燃烧起来。他知道这火不会烧太久。他看看孩子，说：我得多找些柴火，就在附近，好不好？

附近在哪里？

我的意思是，我不会走太远。

好。

积雪已有半英尺深，他在林间挣扎前进，拔取陷落深雪里的断枝。臂弯里抱满了，走回火边，火团已熄弱成一窝飘摇的残烬。他在火里添上树枝，又离开营地。连续前行不容易，树林中天色渐黑，火光无法泛照太远。他一疾行便感到眩晕。回身看，孩子膝下埋在雪中，他蹒跚步行，沿途捡拾树枝抱在怀里。

雪花飞降，丝毫不停歇。他彻夜清醒，起身拨燃营火。天色稍早，他摊开防雨布，在树下将布块的一端架起来，试图反射篝火的热量。看孩子睡脸沐浴在橘红火光中，凹陷的双颊印染上长条的暗影，他抗御胸中狂乱，却无成效。孩子只怕再走不了多远,即便雪停了,大路终将寸步难行。静寂中,大雪嗖嗖落降。无尽暗夜里,只见火花飞升,淡落,陨灭。

迷蒙中,他听见林间一声巨响,然后又一声。他惊坐起来。营火仅剩残烬里几处火星。他侧耳细听,树枝咔咔折断的声音干脆绵长,其后又是一声巨响。他伸手摇晃孩子的身体。快起来,他说,我们得走了。

孩子以手背揉去眼中的睡意。怎么了,怎么回事,爸爸?

快来,我们要走了。

怎么回事?

树,树要倒了。

孩子端坐起来,惊狂地朝四处张望。

没事,男人说,来,我们快走。

他抓上两人的睡铺,对折后裹上防雨布,抬头一看,雪花飘坠双眼。篝火只剩余炭,不再散发出火光,树林几乎隐匿不见,他们四周,林木一一倒向魆黑。孩子紧贴着他,两人移开脚步。黑暗中,他试图找一处空地,最后却放下包袱,父子俩披着毛毯静坐下来,他伸手把孩子搂在身边。树木砰地倾倒,积雪轰然摔落,两种声响接连沿地面爆发,牵动林地颤抖。男人搂住孩子,对他说一切并不要紧,马上就会过去。过了一会儿,震荡确然停止,嘈杂声依稀在远处隐没,再起仅止单声,而且距离遥远,之后便一片死寂。好了,他说,应该结束了。他往倒地的大树下刨洞,手臂铲抱积雪,冻僵的双手蜷进衣袖。两人把睡铺、防雨布拖进地洞,不一会儿,就在刺骨的寒冷中沉沉睡去。

天亮,他挤出地穴,防雨布已盖上重重积雪。他站定环顾四周。雪停了,杉木四散在堆高的雪丘上,断枝四散,几棵挺立的树干没了枝叶,形貌焦黑,立在灰白的地面。他步履艰难地穿越杂物堆叠的林地,留孩子像冬眠的小兽睡在树底下。雪几乎深及膝盖。原野上,枯干的莎草经风一吹,几乎全数隐没。篱笆顶端,锋利的铁丝切口上立着白雪。万物阒寂得令人喘不过气。他倚着柱桩咳嗽,对藏匿购物车的位置毫无概念,心想自己真是越来越蠢,脑袋也越来越不管用了。专注点,他说,你得动动脑筋。转身回去时,孩子正高声喊他。

该走了,他说,不能留在这里。

孩子用空洞的目光凝视地上苍灰的杂物堆。

走吧。

两人穿过铁丝篱笆。

我们去哪儿，孩子问。

去找购物车。

他呆立着，两手紧贴外衣，夹在腋下。

来啊，男人说，快点。

他跋涉狼藉的原野，积雪又深又灰茫，已有新的烟尘飘覆雪上。挣扎前进了几英尺，他回身看，孩子跌了一跤，他抛下满怀的防雨布、毛毯回头，扶孩子起来。孩子颤抖不止，男人将他从地上抱起来揽在怀里。对不起，他说，对不起。

花了很长时间才找到购物车，他从杂物堆中把车拖正，翻出背袋在空中抖了抖，打开袋口，塞进一条毛毯，再把背袋和剩余的毛毯、外套放进购物篮，抱起孩子安置篮顶，松开他的鞋带把鞋脱下来。他取出小刀割开西装外套，拿碎布包住孩子的脚，用尽一整件外套后，将防雨布切成几片大方形，由底部包抓住外套袖筒的衬里，绑在孩子脚踝上。绑完后退一步，孩子低头看,说:该你了,爸爸。他先给孩子多披一件外衣,才垫着防雨布坐在雪上,包起自己的脚。起身,将双手藏进大衣口袋里取暖,然后把两双鞋同望远镜、孩子的玩具货车一起装进背袋。他抖抖防雨布,盘折起来,跟毛毯一起绑在背包上,背上肩。最后一次巡看购物篮,里头再没有什么。走吧,他说。孩子回看推车最后一眼,跟着他走上大路。

旅途比他预估的更加艰辛,一小时可能只能走一英里。他停步回看孩子,孩子跟着停步观望。

你觉得我们快死了,对不对?

不晓得。

我们不会死的。

好。

但你不相信我说的。

我不知道。

为什么觉得我们会死?

不知道。

不要再说不知道。

好吧。

为什么觉得我们会死？

因为我们没东西吃。

我们会找到东西吃。

好。

你觉得不吃东西能活多久？

不知道。

你觉得多久。

几天吧。

然后呢？就会倒在地上死掉？

对。

不是这样。不吃东西也能活很久，我们还有水，水最重要，没水喝才活不久。

好。

你根本不相信我。

我不知道。

他细看孩子，孩子站在一边，双手插在尺寸过大的直条纹西装的口袋里。

我骗过你吗？

没有。

但你觉得，一讲到死我就可能说谎？

对。

好吧，我是可能说谎。但我们真的不会死。

好。

他审视天空，曾有几天，苍灰色的阴霾似乎淡了点，但此刻，沿路挺立的大树只朝雪地投映下再模糊不过的暗影。他们一直向前走。孩子走得不稳，他停下来检查孩子双脚，重新绑了一次塑料布。一旦开始融雪，双脚很难保持干燥。他已无力背负孩子，他们经常停步休息，坐在背袋上抓脏雪吃。下午，积雪开始融化，他们经过一幢被焚毁的房子，一根砖头烟囱立在庭院里。父子两个整日在路上，此时白日也只如此，仅仅几小时。他们大约走了三英里。

路况太糟，他以为没有其他旅人，但他错了。他们扎营的地方差不多就在大路上，还生了一丛大火，拖出雪中枯枝投入烈焰，树枝嘶嘶作响，在热浪中冒着水汽。几条毛毯根本不够保暖，而他一筹莫展。夜里他试图保持清醒，偶尔从睡梦中猛地坐起，便急急摸索四周找枪。孩子好瘦，他看孩子的睡容，眼窝凹陷，神色紧绷。一种怪异的美。他站起来，往火里多添了一些木柴。

两人踏上大路，停住脚步。雪上有人迹。是拖车，或其他配轮胎的运输工具。胎痕窄，应该是橡胶轮胎。轮轨间夹着一串靴印，看来有人摸黑南行，赶路时，至迟不过拂晓。趁夜行动。他站定思索行者的用意，其后小心翼翼沿着车痕行走。行迹距他生的营火不到五十英尺，这帮过客甚至没有放慢脚步观望。他回看大路，孩子注视他。

我们不能待在路上。

为什么，爸爸？

有人来了。

是坏人吗？

对，我怕是坏人。

也可能是好人，对不对？

他不回话，习惯性地望向天空，天空什么也没有。

怎么办，爸爸？

走吧。

可以回昨晚生火的地方吗？

不行。快来，恐怕时间不多。

我好饿。

我知道。

我们该怎么办？

远离大路躲起来。

他们会不会看见我们的脚印？

会。

那怎么办？

我不知道。

他们会不会知道我们躲在哪里？

你说什么？

他们看到脚印，会不会知道我们躲在哪里？

他回看雪地，两人的踪迹绕成大圆圈。

他们是猜得到，他说。

然后他停步。

是该想清楚。我们先回生火的地方。

他原想在路上找积雪融尽的地点，但仔细再想，若足迹恰在躲避处中断，也没有意义。于是两人踢了些积雪盖住炭火，在树林兜几圈再回营地，东奔西突画下一串纷乱的足迹，回身穿越林木朝北走，视线不离大路。

他们选择的据点是目光所及范围内的最高处，能够沿着大路望向北方，俯瞰来时的踪迹。他在湿雪上摊开防雨布，给孩子裹上毛毯。会很冷，他说，但我们可能不会待太久。不到一小时，两个男人沿路走来，步伐很大，几近慢跑。两人经过之后，他站起身来观望他们。与此同时，那两人停步，其中一个回头看他。他怔住了。他裹着灰毯子，应当不易被看见，但也并非完全不可能。他想，他们该是闻到了炭烟味。两个男人站着说话。继续前行。他坐了下来。没事了，他说，得等一会儿，不过应该没事了。

接连五天，他们都没东西吃，也忍着不睡，就这么走入小镇近郊，遇上一幢曾经很堂皇的房子，立在路旁小丘上。孩子握住他的手。碎石路上的积雪多已消融，南向的田野和树林里的冰雪亦所剩无多，他俩静静站着，脚上套的塑料袋早已磨破，两脚又湿又冷。屋子很高，正面雄伟，一列多立克廊柱，侧边设门廊，碎石车道蜿蜒穿越一园枯草。怪异的是，门窗竟完好无损。

这是哪里啊，爸爸？

嘘，我们在这儿站一会儿，听听看。

毫无动静，除了冷风沙沙拨动着路边草蕨，远方传来咯吱声。可能是门或是百叶窗在动。

我们应该进去看看。

爸，别进去。

不要紧。

我觉得别去比较好。

不会有事。我们总得看看。

他们慢慢走上车道，融雪随机铺散，其间未见足印。枯死的水蜡树篱长得挺高，一窝鸟巢嵌在魆暗的枝条间隙里。他们站在庭院中审视大屋外观，造房子的手工砖跟房子四周的土质是同一种。漆料剥落，化成飘摆的干燥细条，自廊柱和鼓皱变形的廊顶内侧垂下。头顶，长长的链条悬着一盏灯。上楼梯的时候，孩子紧贴着他。有扇窗稍稍开启，伸出一条绳索，横过前廊，隐没草间。他握住孩子的手，两人跨过门廊。过去，奴仆端着银盘上的美食饮品穿行于这屋宇。他们走向那扇微开的窗，朝房里看。

爸爸，万一屋子里有人怎么办？

屋子里没有人。

我们该走了，爸爸。

我们要找东西吃，已经别无选择了。

我们到别的地方找。

不会有事的。跟我来。

他掏出揣在腰间的手枪，推开大门。挂着巨大黄铜门钮的门板缓缓朝内打开。两人驻足细听。踏入大门洞开的前厅，地板上黑白杂色的大理石地砖铺列如骨牌。宽敞的楼梯旋转向上。内墙贴着细致的花纹壁纸，但已染上水渍，剥落下垂。石灰天花板鼓胀变形，凸出一个个包。泛黄的锯齿墙饰自内墙上缘剥离，向下弯折垂挂。左边的门框里，放着桃木碗橱的空间应该是餐厅。橱门、抽屉都消失了，剩余的结构太庞大，无法充作柴火。父子俩站在门边，看到餐厅一角的窗台下堆着一大摞衣物，有身上的和脚上的。腰带、外套、毛毯、睡袋。稍晚，他会有足够的时间思考怎么处置这摞杂物。孩子吓坏了，紧抓他的手不放。他俩穿越前厅到另一侧房间，进入一座宏伟的大厅。天花板较门框高出一倍,大厅里,木制壁炉架和周边壁饰都被撬开、烧尽,露出赤裸的砖墙。炉床前,几张床垫连同睡铺搁在地上。爸爸,孩子轻声说。别出声,他回答道。

炉灰是冷的,几只焦黑的大锅散在一旁。他蹲下,拾起一只锅子闻了闻,又放下,起身看向窗外。灰败、损毁的草皮,灰蒙蒙的雪。那根伸出窗外的绳索绑着一只铜铃,铜铃固定在粗糙的木钩上,木钩钉在窗框上。他牵着孩子,两人穿过一道狭窄的走廊进到屋后的厨房。到处堆满垃圾,水槽满布锈斑,空气里飘着霉与屎尿的气味。他们又走进隔壁的小房间,也许会是食物储藏室。

小房间的地上有扇门,可能是通往储物仓的入口。门上安着一把巨大的、以积层式钢做成的挂锁。他盯着锁。
爸爸,孩子说,我们该走了。
锁门一定有道理。
孩子拉扯他的手,眼泪几近夺眶而出。爸爸,他说。
我们总要找东西吃。
我不饿,爸,我不饿了。

得找一把撬杠之类的东西。

他推开后门走出去，孩子紧抓着他。他把枪塞进腰带，止步，望向后院。院子里有条砖铺的走道，一列老黄杨木如今形貌扭曲，枯瘦坚硬。一块老旧的铁犁架在砖堆上，有人在犁网间塞了一只以往用来炼猪油的四十加仑铸铁锅，锅下有烟灰和焦黑的木块，一旁是装橡胶轮的拖车。他把一切看在眼里，却不了解这布局的意义。院落远处有木搭的烟熏房和工具间，他半拖着孩子走过去，进入工具间，检视立在大圆桶中的工具，找到一把长柄铁铲，举在手里掂了掂。跟我来，他说。

回到屋里，他拿铁铲往仓门锁具四周的木料上劈砍，最后把铲身塞进锁具底下整个撬开，整组装置连着大锁都被拔开。他用脚把铲身沿门板外缘压入门缝，停下来取出打火机，再站上铲柄顶端，施力把仓门撬起来，然后俯身抓住门板。爸爸，孩子低声说。

他停下。听话，你别再说了，我俩快饿死了，你明白吗？接着，他举起仓门，转半圈放倒在地板上。

你在这里等着，他说。

我跟你去。

你不是很怕吗?

在这里也怕。

好吧,那你要跟紧。

他走下简陋的木梯,低头点燃打火机,向黑暗送出火光,如馈赠大礼。空气又冷又潮,充满难忍的恶臭。孩子抓紧他的外衣。他瞥见石墙一角。泥土地,一方老旧床垫染着深黑的污渍。低身再往下走,他把打火机朝前送。一群人,有男有女,裸着身子蜷在后墙边,都举手遮脸,闪躲着。躺在床上的男人双腿尽失,臀下窄短的残肢烧焦、泛黑,气味难闻得可怕。

上帝啊,他低叹。

那帮人一个接一个转过身来,就着微弱的火光眨巴着双眼。救救我们,他们低声呼救。拜托救救我们。

上帝啊,他说,我的上帝啊。

他转身抓住孩子。快,他说,快。

打火机掉了,无暇回头找。他推着催促孩子上楼。救救我们,那帮人呼喊着。

快。

楼梯脚出现一张扎满胡须、毛茸茸的脸。求求你,他说,求求你。

走快点,快一点。

他急急地把孩子推出仓门,任他四肢大张倒在一边。抓起门板甩荡半圈,啪一声倒地关上,回身要抓孩子,却见孩子已从地上爬起,似是跳着惊恐的舞蹈。上帝啊,你在干什么,他低声谴责。孩子指指窗外,他回头一看,浑身僵冷:四个蓄络腮胡的男人和两个女人正跨过草地朝大屋走来。他抓起孩子的手。上帝啊,他说,跑,跑。

两人朝前门狂奔,冲下楼梯。跑向车道的途中,他把孩子拖进草丛,接着回头查看。水蜡残篱为他们提供了部分隐蔽,然而他知道仅有几分钟时间逃离,甚至可能一分钟也没有。他们在草皮底端撞上一柄枯枝,跨过大路躲入对面的林地。他在孩子腕上又用了用力。快跑,他低声说。我们得跑快一点。他看向大屋,但没有看出动静。如果那帮人沿车道往下走,就能看见他带孩子在林木中窜逃。是时候了。是时候了。他往地面扑倒,将孩子拉到身边。嘘,他说。嘘。

爸,他们会不会把我们杀掉?

嘘。

他们趴在落叶和灰土间,心脏飞速跳动。他想咳嗽,本想以手掌遮掩口鼻,但孩子紧握住他一只手不肯放松,他的另一只手握着枪,于是得专注着憋咳,同时凝神细听。他俯在落叶堆上,来回扫视,试图查看动静。把头压低,他轻声说。

他们追来了吗?

没有。

两人缓缓爬出落叶堆,到地势看上去较低的据点。他趴在地上侧耳听,手里搂着孩子。隐隐听得那帮人在大路中央对话,有女人的声音,接着听见他们走进枯叶堆。他抓起孩子的手,把手枪交到孩子掌上。拿着,他低声说,你拿着。孩子吓坏了,他举手抱住,怀里的身体好单薄。别怕,要是他们找到你,你就得动手,懂吗?嘘,不要哭。听到没有?你知道怎么做,放进嘴里往上指,要快,别犹豫,懂不懂?别哭了,你到底懂不懂?

应该懂。

这样不行。你到底懂不懂?

懂。

说爸爸我懂了。

爸爸我懂了。

他低头看孩子,眼见的尽是恐惧。他把枪由孩子手上拿回来。不对,你根本不懂。

我不知该怎么办,爸爸,我不知该怎么办。你要去哪里?

没关系。

我不知该怎么办。

嘘,我哪里也不去,不会离开你。

你保证你不会走。

好,我保证不走。我本来要跑出去把他们引开,但我离不开你。

爸?

嘘,身体压低。

我好怕。

嘘。

他们趴下竖起耳朵听。时候到了,你做得到吗?时候到了,就没有间隙多想。时候到了,尽管诅咒上帝,然后便是死亡。不能引爆手枪怎么办?一定要能引爆。但真的无法引爆怎么办?你能捡石块砸碎挚爱亲人的脑袋?在你心里,是否藏着这等脾性，而你毫无所悉？可能吗？拥它入怀，就这么做。情性来去匆匆，引它趋近你，轻吻它，要快。

他静待着，手里握着手枪，几乎要大咳出声，但用尽注意力忍着，努力倾听响动，又对一切置若罔闻。我不会离开你，他低语，永不离开你，懂吗？躺卧残叶中，他怀里抱着抖颤不止的孩子，掌里紧扣着枪。漫长黄昏终于落尽，黑夜降临，天候冰凉，杳无星光。这是上苍佑庇，他开始相信他俩有机会逃离险境。只要等着，他轻声说。天很冷，他试图思考，然而头晕眼花。太虚弱了，他总说逃跑，其实根本跑不动。待魆黑确然落降，他松开背包绑带，拉出毛毯盖在孩子身上，不久，孩子睡着了。

夜里，大屋传出骇人的尖叫，他尽量用手盖住孩子双耳，过了一会儿，嚎叫停止了。他仍趴着谛听消息，视线穿越树丛望向大路。看见一方箱子，似儿童玩具屋。他知道，是那帮人监看大路的装置，若有动静，守卫者摇铃传讯，然后静趴着等待同伙支援。他睡睡醒醒。什么声音？落叶堆里有人？没有，只是风声，没事。他端坐起来，望向大屋，眼前却只漆黑一片，于是把孩子摇醒。起来,他说,我们该走了。孩子虽不出声,男人知道他醒了。他拉起毛毯绑在背包上。跟我来,他说。

他们自暗黑树林启程,灰败阴沉的夜空透出月光,恰能让他们看清林木。两人像醉鬼摇摇晃晃地走。爸,他们要是找到我们,会把我们杀掉,对不对?

嘘,不要说话。

对不对啊,爸?

嘘。对,会把我们杀掉。

他不知他俩正朝什么方向走,生怕绕过一圈又回到大屋。这类事情确实发生过,抑或仅是传说?他尝试在记忆中搜索。迷失的旅人转向何方?答案或取决于旅人身处哪一个半球,惯用哪一只手。最后,他把这个问题赶出脑海。是否还有任何东西值得纠正。他的脑袋不听使唤,隐匿千年的幻影缓缓由沉睡中醒来。若要纠正,该纠正的是这个状态。孩子脚步摇摆,开口要爸爸背,结结巴巴,咬字模糊。男人一把他背起来,他就趴在男人肩上睡着了。男人知道自己没法背他太久。

魆黑树林里,他自残叶中醒来,浑身剧烈颤抖。起身探寻孩子踪影,他触到细长的肋骨,体温,气息,和心跳。

再醒来,勉强借天光辨识周遭景物,他甩开毯子站起来,差点摔上一跤。他踏稳脚步,环顾灰蒙蒙的树林——他们究竟走了多远?漫步到小丘顶蹲下,看天色逐渐转白。羞怯、隐蔽的黎明,冰凉、晦涩的世界。远方似有一亩松林,生冷却焦黑。万物黯淡,苍灰若铁,蜡黄如胶。他走回睡处找孩子,要他坐起来,但孩子脑门不住往前点晃。该走了,他说,我们该走了。

他背孩子穿过旷野,每数五十步便停下休息。走入松林,他跪下,将孩子摆到混着泥沙的腐叶堆上,给孩子盖上毛毯,静坐下来注视他。孩子面似死亡集中营来的,饥肠辘辘,精疲力竭,惶恐不安。他倾身吻他,然后站起来走向林边,绕一个大圈确认两人安全无虞。

越过林野向南望,隐约辨出一幢房屋和一座谷仓,庭树背后是一段弯路,长长的车道铺着干黄的草,枯藤循石墙蔓生,一方邮箱,篱笆沿路走,枯树长在篱后。万事冰冷、阒静,湮没尘雾之中。他走回据地,坐在孩子身边。稍早,绝望曾引他做出轻率不智的举动,不能重蹈覆辙,无论如何。

孩子几个钟头内不会醒,即使醒了,也会害怕。过去就是这样。他考虑把孩子叫醒,又知道孩子醒了也不会记得他先前说过的话。他教孩子像小鹿蜷在树林里,教了多久?最后,他由腰间掏出枪,伸进毯下,搁在孩子身边,独自起身出发。

他从小丘上看见谷仓,先停下脚步观望、静听。下山时穿过一亩荒弃的苹果园,园中枯焦,残干长满节瘤,荒草及膝。他立在仓门边,再竖耳细听。苍白日光落进百叶窗。他贴着落满尘土的畜栏走,然后站到谷仓中央谛听,无声。爬梯上阁楼,虚弱如此,他怀疑自己能否顺利登上楼板。走近阁楼底边的三角墙,自挑高窗户望向楼底郊野,片片拼凑的田地荒枯、黯灰,其间有篱,有路。

阁楼地板上堆着捆捆干草,他蹲下来,从草里挑出一把种子,坐在地上嚼。口感粗糙、干涩,混着不少沙尘,但该带有一些营养价值。他起身,将两捆干草滚过楼板,让它们落入谷仓中庭。两次砰然巨响，混着灰茫茫的烟尘。然后回三角墙挨墙立着，审视从谷仓角落向外能看到的大屋部分，才爬梯下楼。

大屋与谷仓间的草地看来没被踩踏过。他穿过草场登上门廊，廊道遮板都腐朽了，廊里停着儿童脚踏车。厨房门开着，他穿越门廊走到门边。装饰内墙的廉价夹层镶板受潮弯曲，崩落在地，餐桌上贴盖着红色塑料。他走进厨房，拉开冰箱门，层架上有东西裹在灰毛皮里，他关上冰箱。四处是垃圾。他由屋角捡了一支扫帚，用帚柄东戳西翻。爬上流理台，伸手在壁柜积聚的灰尘里摸索，捕鼠器，一包东西。他吹去袋上的灰尘，原来是葡萄口味的饮料调味粉，放入外衣口袋。

一间又一间，他巡视大屋里的房间，什么也没发现。床头柜里有一把汤匙，他拾起来放入口袋。他以为衣柜里会有衣物或寝具，但什么也没有。走出屋外，步入车库，他一一检视库房里的工具：层架，铁铲，橱柜上的几瓶铁钉、螺栓和一把美工刀。他拣起美工刀，对着光看看锈坏的刀片，放回去，然后再捡起来，取下一只咖啡罐上的螺丝起子，将刀柄打开，柄里藏着四道新刀片。他取出旧刀放在橱柜上，换上一道新的，锁回刀柄，推回刀片，把刀放进口袋。最后，他拣起螺丝起子，同样放入衣袋。

　　走出大屋重回谷仓，他带了碎布来装干草里的种子。然而一进谷仓，他停步谛听，仓顶某处传来铁片喀喀作响之声，仓里散发着奶牛气味，他静立思索着奶牛，才想起它们早已绝种。真是这样吗？说不定，世上某处仍有人悉心喂养一头牛。可能吗？拿什么喂养？留一头牛又有什么用呢？敞开的仓门外，荒草随风摇刮，声音干涩刺耳。他步出门外，目光越过牧野，投向孩子安睡的松林。然后走入苹果园，再次停步。他踩中了什么。后退一步跪下，拨开枯草，是颗苹果。他捡起果子迎着光看，硬实，褐黄，皱干。他拿碎布擦擦果皮，咬一口，几近干涩无味，但确实是颗苹果。他把果子整个吃完，连皮带籽，最后仅拇指和食指掐着蒂头，任它轻飘落地，接着继续轻轻踏着草丛。他的脚还包在西装外套与防雨布片里，他坐下，松开脚绳，将大把碎布塞进口袋，赤脚走入排排果树。走到果园尽头之前，又捡到四颗果子装进衣袋，然后回头，在果树间一道一道搜索，直到在草地里踩上一盘拼图玩具才停下来。捡的果子已经多得拿不完。他仍在每一株树干边的地面上摸索，把衣袋装满苹果，又堆进大衣的帽兜，胸前、臂弯里也堆满了果实。谷仓门前，他将果子倒成一堆，坐下，重新包好冻僵的双脚。

之前他在厨房隔壁的晾衣间里看到过一只装满封口罐的旧藤篮。此刻，他将篮子拖到地上，取出封口罐，翻倒过来，拍拍篮底抖出灰尘，突然停手——他还看到什么？排水管。葡萄藤架，深黑蜿蜒的枯藤攀附其上，像商业图表里的企业营运曲线。他起身穿越厨房，走进庭院，静静站着，回看大屋。窗户反射着灰白、难以名状的日光，排水管挂在前廊一角。他手里还捧着藤篮，于是把它放在草坪上，重新登上廊前阶梯。水管沿廊内角柱向下没入水泥槽池，他拂开槽盖上的垃圾，打碎一小块槽盖遮板，走回厨房取出扫帚，将槽盖清扫干净，又把扫帚放在角落，才一把举起槽盖。槽中，一方托盘盛住落自房顶的灰湿污泥，泥里还混着枯叶与嫩枝。他抬起托盘放到地上，盘下堆着净白的砾石。捧开砾石，石下铺放着炭渣，每一块均由整齐的木棒和树枝烧成，排列犹如缩小版的树林。他把托盘盖回去，在地面露着一只青铜扣环。他伸手取扫帚挥去近处尘土，发现与扣环相连的门板上有几道锯痕。他将门板扫净，跪下用手指勾住扣环，提起板门，将它打开。门底暗处，他嗅到槽池里盛着清水，气味清冽，便趴下身体用手去捧，刚够触及水面。他伸手朝前，舀起一掌清水凑到鼻前，浅尝一口后咕噜喝下。他在地上俯趴许久，一次一捧，取水就口。记忆里从未有过如此美好的事物。

他回到晾衣间，取两只封口罐、一只旧青瓷锅，将瓷锅擦净，浸入水中盛满以清洗。他趴低身体，将一只封口罐浸入池里注满，捞出来，瓶身滴着水。水好清澈，他举起瓶子对着光，仅有一小块沉积物在瓶中缓缓循水涡中轴线环绕。他斜倒瓶身喝水，动作很慢，几乎把整瓶水喝尽。喝完后饱胀着胃坐下。他还能喝，但决定就此打住，将瓶底剩水倒入另一只封口罐，洗净后，把瓶罐装满，盖上槽池板门，带两瓶水穿过郊野，朝松林走去，衣袋中塞满苹果。

离开的时间比预期长，他尽可能加快脚步，肚腹间，清水随肠胃收缩咕噜震动，于是他停下歇息一会儿，继续走。回到松林，孩子还睡着，似乎都不曾翻身。他跪下，仔细将瓶罐安放在腐叶堆，捡起手枪插回腰间，坐下看孩子睡。

整个下午，他俩裹着毛毯坐着吃苹果，就封口罐啜水。他从口袋里掏出葡萄调味粉，打开，倒进瓶中搅拌，再递给孩子。爸，你真厉害，孩子说。他睡了一会儿，让孩子留意戒备。傍晚，父子俩翻出鞋子穿上，走入农舍取稍早他带不走的苹果。他们注满三瓶水，瓶口旋上他在晾衣间橱柜找到的双重盖，有满满一盒。他拿出一条毯子裹住所有东西，包裹塞入背袋，袋口用剩余毯子包起来，然后整袋扛在肩上。两人站在大屋门口，看天光向西滑落，然后走下车道，重新上路。

孩子紧紧抓着他的外衣，他贴着大路侧缘行走，黑暗中尝试用脚底辨别人行道。远方传来雷声，不多久，微弱闪光乍现眼前，他从背袋取出塑料布，但余下的布幅已不够遮盖两人身体。不一会儿，天开始落雨。他俩肩并肩，步履蹒跚，根本无处可躲。他们拉上大衣帽兜，淋了雨的大衣又湿又重。他停步试图重新打理防雨布，孩子则不住地颤抖。

冻坏了，对不对？

对。

停下不动会很冷。

现在也很冷。

那怎么办？

可以停下来休息吗？

好，可以，我们停下来休息。

此夜同过往众多个夜一样漫长，他们盖着毯子躺卧在路边湿地，雨水噼里啪啦敲打着防雨布。他搂着孩子，过了一会儿，孩子不再打战，再过一会儿，沉沉入睡。雷声朝北渐次远去，全然停息之后，只有雨在下。睡睡醒醒之间，雨势转弱，过一段时间，也停下来。不知是否已过午夜，他不住咳嗽，越咳越厉害，吵醒了孩子。黎明尚远，他不时起身朝东探看，不久，白日降临。

他轮番把两人外衣绕在小树干上扭绞，又让孩子把衣物脱光，包上毛毯，待他把衣服拧干才穿回去，其间孩子尽站着发抖。前晚睡卧的湿土已干，他们披着毯子坐下，吃苹果、喝水，然后再次上路，头戴帽兜，神情憔悴，缠裹在破布团里一路发抖，状似被支派去寻索居地的乞丐僧侣。

向晚，两人身上的衣物干透，开始研究破碎的地图，然而他对方位一无所悉。他站上大路的高处，试图在薄暮中找回方向。

他们走出公路,循小径穿越郊野,终于遇上一座便桥。桥底河水已干,他们爬下河岸,在桥下蜷缩在一起。

可以生火吗?孩子问。

没有打火机。

孩子别过头去。

对不起,是我弄丢了,我不想跟你说。

没关系。

可以找打火石,我一路都在看。况且,那瓶油还在。

好。

很冷吗?

还好。

孩子把头枕在他腿上,过了一会儿,说:那些人会被杀掉,对不对?

对。

为什么呢?

不知道。

他们会被吃掉吗?

我不知道。

他们会被吃掉吧,会吗?

会。

我们帮不了他们,因为一插手,我们也会被吃掉。

对。

所以我们帮不上忙。

对。

好。

他们路经几个小镇,布告栏全草草贴着闲人勿近的警示标语。为了添写标语,布告栏全刷上了一层薄薄的白漆,漆层背后隐隐透出商品广告的残影,那些商品早已不复存在。两人坐在路边啃食最后几颗苹果。

怎么了?男人说。

没事。

会再找到东西吃的,一路不都过来了。

孩子不答话,男人注视着他。

不是在想这件事?

没什么事。

跟我说。

孩子望向大路。

我想听你说。不要紧,你说说看。

孩子摇头。

看着我,男人说。

他回转过头,神情好像刚刚哭过。

说说看。

我们永远不会吃人肉,对吧?

不会,当然不会。

就算快饿死也不吃?

我们现在就快饿死啦。

是你说我们不会的。

我只说我们不会死,没说不饿。

但我们不吃人肉。

不吃,不吃人肉。

无论如何都不吃。

不吃,无论如何都不吃。

因为我们是好人。

对。

而且我们拿有火炬。

对,我们有火炬。

好。

他在沟坎里看到过几片打火石或黑硅岩，但最后发现把引火物浸汽油后聚成一小堆，然后拿铁钳在其上方擦磨石头侧边的方法反而更省事。如此过了两天。三天。饥饿无以复加，然而大片田野早被洗劫一空，吃干抹净，荒毁至极，连渣滓也不剩了。暗夜冷得昏眩，黑如棺柩。白日确然降临前，漫长时光承载可怖的宁静，仿佛战场上的黎明。孩子肤色清透若蜡，两眼大睁，形状诡异。

死亡终于落到他们身上，他开始这么想。那么，得找个隐秘之处躲藏起来。有几次，他坐着看孩子睡，抑制不住地抽噎、哭泣。啜泣并非关于生死，究竟关乎什么，他也不确定，然而他想，应是关于美好与良善这类他再无法想象的事情。他们蹲踞荒林，喝着碎布里拧出来的山沟水。他梦见孩子躺在停尸板上，随即惊醒。清醒时分能承受的困厄，入夜便显得太过狰狞。怕噩梦回笼，他端坐起来保持警醒。

他俩在以往绝不轻易光顾的危楼灰烬中四处翻找。地窖的黑水浮载着一具死尸，周围绕着垃圾与锈蚀的通风管。半焚毁的客厅房顶大开，他站在厅中，看泡水的木板漂进庭院，浸湿的书本立于书柜。他取下一本书，翻开，又摆回去。什么都是潮的，一切渐次败坏。抽屉里，他翻出一截蜡烛，根本没法点燃，但依旧收进口袋。走出大屋，沐浴苍灰的天光，静立着，突然有一个片刻他透悉了万物的绝对真理：将死而无遗言的大地旋绕着，冷酷且不止息；暗黑无以缓解；拖曳日光的盲犬整日奔忙；宇宙间，魆黑虚空能使万事毁灭；而天地某处，两只恒遭捕猎的动物，像小狐狸窝在藏身处打战。这是赁借的时光，赁借的世界，要用赁借的双眼去哀悼。

小镇外缘，他俩坐入卡车驾驶室休息，一边望向窗外。近日的大雨刚刚将窗玻璃冲洗干净。烟尘轻微扬舞，父子俩筋疲力尽。路旁矗立着一块警示标语，提醒人警惕死亡，字迹已随时日转淡。他几乎要笑了起来。看得懂吗？他说。

懂。

不必理它，这里根本没人。

人都死了？

应该是。

真希望那个小男孩还跟我们在一起。

走吧,他说。

如今睡梦多姿多彩,他不愿醒来。梦里尽是不复存在的事物:现实的寒冷驱迫他在梦中修复了火,还记起她在清早穿越草坪走向屋舍,轻薄的玫瑰色晨衣贴着胸口。他相信每缕回忆都对记忆源头有所折损,道理就像派对常玩的传话游戏。所以应知节制。修饰过的记忆背后另有现实,不论你对那现实有没有意识。

两人裹着脏兮兮的毛毯穿越大街,他一手扶着腰上的手枪,一手牵着孩子。走到小镇另一头,遇上一幢独立的大屋矗立田野中,他俩穿过田园进屋,巡视屋内厅堂。从镜子里看见自己影子的时候,他惊诧得几乎拔枪。那是我们哦,爸爸,孩子轻声说,是我们。

他站在后门边,看着田地、远处的大路,还有大路背后荒凉无尽的郊野。天井内有一处烤肉炉,是用焊枪把五十五加仑圆桶垂直剖开,安在熔接铁架上做成的。庭院里有枯树,一道围篱,存放工具的铁皮屋。他抖掉身上的毛毯,裹在孩子肩上。

你在这里等我。

我要跟你去。

我只过去看一眼,你在这坐着,我保证你随时看得见我。

他穿过院子,推开门,手里仍握着枪。那是座园艺小屋。满是灰尘的地板。铁架上搁着几个塑料花盆,全落满灰尘,墙角竖着花艺器具,还有一部割草机,窗下横着一张木质长凳,凳边是一个金属柜。他打开柜门,柜里有陈旧的商品目录和几包种子,是秋海棠和牵牛花。他把种子收入口袋,但要拿来做什么呢?层架顶端立着两罐机油,他把枪塞回腰间,伸手拿下油罐,放在长凳上。油罐年头很久远了,罐体是硬纸板,阀盖是金属的。机油虽渗透了纸板,罐里看着仍是满的。他后退一步望向门外,孩子披着毛毯静坐在屋后楼梯上,看着他。再转身,他看见门后一角放着一只汽油桶,明白桶里不会有油,而当他以脚磕碰桶身好让它歪倾,桶兀自落正,桶底动作竟稍有缓滞。他拾起油桶拿到凳边,试图旋开桶盖,但失败了。于是从衣袋中取出钳子,张开钳口再试;钳口与圆盖口径相符,他扭下桶盖放在凳子上,嗅一嗅油桶,气味难闻,应已历久经年,但桶里确有石油,可以燃火。他把桶盖旋紧,钳子收回口袋。他寻找体积较小的容器,但没找到。不该把水瓶丢了的,到屋里看看。

走过草地时,他感到些许昏眩,不得不停下脚步。他猜想是闻过汽油的缘故。孩子注视着他。距离死亡还有几天?十天?再多,怕也多不了几天。他无法思考。为什么停下来?他转身,低头望向草坪,往回走,伸脚触探地面,其后再度回头,走入铁皮小屋取土铲,回到稍早停步的地方,将铲子插进土中。大半个铲身随即落入土中,落到停滞处,发出一声磕碰木头的闷响,他动手铲开泥土。

慢慢来。老天,他真的好累。倚在铲柄上,他抬头看向孩子,孩子还像稍早般坐着,他便弯身做工。不多久,他每铲一铲土都要稍事休息。终于,从泥尘中露出了一块盖着屋面油毡的隔板。他沿着隔层外缘铲土,挖出一道约三乘六英尺的木门,门板边侧挂锁的扣环被塑料套捆绑着。他停下歇息,牢牢握住铲柄,前额抵着臂弯。再抬头,孩子已站进庭院,距他仅几英尺之远。孩子充满恐惧,爸爸,别开门,他低声说。

不要紧的。

拜托,爸爸,求你不要开。

没有关系。

有，有关系。

他双手握拳放在胸前，身体由于恐惧而上下微微颠荡。男人放下土铲搂抱他；过来，他说，我们到门廊上坐坐，休息一下。

然后就走？

先坐一下再说。

好。

他俩披上毛毯坐下，视线投向庭院，就这么坐了许久。他尝试向孩子说明，院里葬的不是尸体，但孩子啼哭起来，哭了一会儿，连他也开始怀疑孩子想的对。

坐着就好，我们不说话了。

好。

父子俩重新巡视大屋，找到一个啤酒瓶和一块窗帘碎布。他撕下碎布边角，用衣架把它塞进瓶口，说：这是我们的新灯。

怎么点呢？

铁皮屋有汽油跟机油，我带你去看。

好。

来，男人说，不会有事的，我保证。

但他弯身探看孩子包掩在毛毯中的脸，非常担心那已然失落的再也无法复原。

两人走出门，穿越庭院走进铁皮屋。他将酒瓶搁在长凳上，用螺丝起子在机油瓶上挖了个洞，又另挖了个稍小的孔加速油体滴流。他把灯芯拉出瓶口，倒了半瓶机油。过期的高黏度机油相当浓稠，天冷，油体有些冻结，倒了很久。他扭开汽油桶，拿种子包装纸揉出一小条纸捻，灌入汽油后，拇指堵住瓶口摇晃一下酒瓶，又倒一些汽油在泥盘里，利用螺丝起子将破布灯芯塞回瓶中，然后从口袋掏出打火石和钳子，拿火石摩擦钳口锯齿。试了几次，停手，朝泥盘灌入更多汽油。会起火哟，他说。孩子点点头。盘里擦出了火花，细碎火光低声嘶响，绽放成烈焰，他伸手取来酒瓶，斜倾瓶身点燃灯芯，然后吹熄盘中的火苗，向孩子递出冒烟的火瓶。来，他说，你拿着。

做什么？

手护着火，别让火熄了。

他起身，从腰间拔出手枪，说：这扇门看来跟上次那扇很像，但其实不一样。我知道你怕，不要紧，可是我觉得门里藏了东西，我们一定要进去看看。没有退路了，这是最后机会，你得帮我。

你要是不想提灯，就拿枪。

那我提灯。

好。是好人才得这么做。好人锲而不舍，不轻言放弃。

好。

他领孩子走入庭院，背后拖着浓黑的灯烟。枪插回了腰间，捡起土铲，劈下层板上的扣环，让铲刀一角伸入环下撬动，跪低身体握住挂锁，将整套锁具从门板上扭脱，抛进草堆，再把铲刀撬进门缝，手指放到板下，起身将门抬高。灰土噼里啪啦从门板上落下。男人看看孩子。你还好吗，他问。孩子把灯持在身前，静静地点头。男人于是旋开门板，任其落入草坪。每级两英寸高、十英寸宽的简陋木质楼梯向黑暗降引，他伸手向孩子要灯，开步下楼，随即回转，倾身啄吻孩子的额头。

地窖内壁是水泥砖墙，浆灌的水泥地铺着厨用瓷砖。两张露着弹簧的铁床各自凭倚一堵墙，床垫跟军用装备一样，卷在床尾。他回身看孩子，孩子蹲在楼梯上方，被火焰飘升的烟雾熏得不住眨眼。再下几层楼梯，他坐下来，举灯向外送。哦，上帝，他低声说，我的上帝啊。

怎么了，爸爸？

下来。我的上帝啊，快下来看。

罐头食品一箱叠着一箱。番茄，蜜桃，豌豆，杏，罐装火腿，腌牛肉。几百加仑清水分装于十加仑的塑料方桶。纸巾，卫生纸，纸餐盘。塑料垃圾袋里塞满毛毯。他举手扶在额上，哦我的上帝，他说。他回头看向孩子。不要紧，他说，你下来。

爸？

快下来，下来看看。

他把灯立在楼梯上，上楼牵孩子的手。下来看看，他说，没问题的。

你看到什么？

什么都有，什么都有。你等一下会看到。他引孩子下楼，拾起酒瓶将火举高。看见了吗？他说，你看见了吗？

这是什么，爸爸？

是吃的。你看得懂吗？

梨，那上面写着"梨"。

对，你说的对，天哪，的确是梨。

天花板仅有甲板夹层高，他低头绕过盖着绿色金属罩的挂灯，牵着孩子的手，一行行巡视堆叠的彩印纸箱：辣椒，玉米，炖菜，浓汤，意大利面酱，这世界业已失却的丰美。怎么会有这些东西？孩子问，这是真的吗？是啊，是真的。

他拖过一方纸箱，撕开，取出一盅桃罐头。有人认为日后用得上，才把货品囤在这里。

可是他们没用上。

嗯，没用上。

就死掉了。

对。

那我们可以用吗？

可以啊，当然可以。他们会希望我们拿去用的，换我们也会这样想。

他们是好人吗？

是啊，是好人。

跟我们一样。

对，跟我们一样。

所以没有关系。

对，没关系。

塑料盒里有刀具、塑料餐具、银器、厨具、开罐器和扭不亮的手电筒。他找出另一个盒子，里面是蓄电池和干电池，打开来一颗颗检验。大半都蚀坏了，渗露出酸质黏液，但有几颗看来是完好的。总算点亮一盏吊灯，他将灯安置桌上，吹熄酒瓶里直冒烟的火焰，撕下纸箱，折起来好扇走黑烟，然后爬上楼梯顶，带上窖门，回头看着孩子说：晚餐想吃什么？

梨子。

选得好，就吃梨子。

他从一叠套着塑料套的纸碗中抽出两个，搁到桌上。把床板上的床垫铺开，坐上去，又拆开纸箱取出一盅梨罐头放在桌上，用开罐器钳住罐口，开始转动滚轮。他看向孩子，孩子静静坐在床板上，身上还披着毛毯，正直直地盯着他。他想，这孩子恐怕还未说服自己相信眼前的一切，毕竟，他随时可能在潮黑树林里醒来。这会是你吃过的最好的梨，他说，最好的，等着瞧吧。

两人并肩坐着吃罐装甜梨，然后又加了一罐蜜桃。舔着汤匙，斜过纸碗喝干浓浓的糖汁，相互对望一眼。

再来一瓶。

我怕你吃急了会生病。

不会。

你很久没吃东西了。

我知道。

好吧。

他把孩子放上床，为他盖上毯子，拨顺枕上脏黏的乱发。爬上楼梯推开门板，天色已近全黑。他到车库取回背袋，最后一次探看四周，走下楼梯，带上门，将老虎钳的一只把手死死地卡进门内厚重的勾环。电吊灯光芒渐弱，他搜寻藏货，找到几瓶一加仑装的液化气，拿出一瓶，在桌上扭开瓶盖，用螺丝起子撬掉铁皮封口，再取下顶头的吊灯装上。稍早他从塑料盒里找到了几枚打火机，拣出一枚把灯点亮，略调火光后吊挂回去，然后在床上坐下。

孩子睡着后，他开始系统地点数藏货。布衣，毛衣，棉袜，不锈钢脸盆，海绵，肥皂，牙膏，牙刷。一只布袋子里装着两把金币，藏在大塑料罐底，罐里塞满螺栓、螺丝和各式五金器具。他倒出钱币捏在手里细看，最后还是盛回布袋，和五金器件一同收入塑料罐，放回架子。

他检视所有物件，将纸箱、木箱由窨室这头移向那头。窨底有扇钢门，通向另一间储放油桶的房间。角落里有座化学剂的马桶，墙上是缠着铁丝网的通风管，地面是排水管。窨里气温升高，他脱下外套，继续审视一切藏货，接着翻出一盒点四五自动枪弹匣，三盒点三〇来福枪弹壳，然而没找到枪。他拿着电吊灯沿地面搜寻，又查验墙面有无藏匿隔间，搜了一阵，坐倒在床上大嚼巧克力棒。找不到的，地窨里根本没有枪。

醒来，头顶勾挂的煤气灯隐隐嘶嘶作响，窨壁、纸箱和木箱都沐浴在灯光中，他不知自己身在何处。他把外套盖在身上，躺着。坐起，看孩子在另一张床铺上沉睡。上床前他脱了鞋，而现在全无记忆。由床底捞出鞋子穿上，他登上楼梯，将铁钳拔出勾环，抬起窨门朝外看。清晨时分。探看大屋后，又远眺大路，之后正想合上门板，突地凝止不动——昧灰天光落在西侧。他俩睡尽一夜，又多睡了一天。他放下窨门，拴紧，下楼静坐床畔，看向周遭物资。他已有就死的准备，却又大难余生，于今凡事都需重新考虑。任谁都会发现横卧院底的窨门，并且猜出窨口的功能，他得谋思对策。这形势与隐匿树林不同，相差十万八千里。最后,他站在桌边,拼组出两口小巧的煤气炉,点火,拣出菜锅和茶壶,打开塑料盒取出厨具。

他用小型手摇磨豆机磨咖啡豆,吵醒了孩子,孩子坐起来,四下张望。爸爸,他说。

嘿,你饿了吗?

我要上厕所,我想尿尿。

他用锅铲指向窖底的钢门。尽管不知化学剂马桶如何使用,还是先用再说。他俩不会停驻太久,除非必要,他不想开关窖门。孩子走过,发丝因汗纠结。这是什么?他说。

咖啡,火腿,饼干。

哇,孩子说。

他拖过一方储物箱,摆在两张床中间,铺上毛巾,摆上餐盘、茶杯、塑料餐具,饼干碗盖上毛巾,配上一碟黄油,一罐炼乳,盐,胡椒。看看孩子,孩子神貌迷醉。他从炉上取过菜锅,叉起一片焦黄的火腿放入孩子盘中,由另一只菜锅舀出炒蛋和几匙烘豆,向两个茶杯分别倒进咖啡。孩子抬头看他。

快吃,他说,别放凉了。

先吃什么？

想吃什么就吃什么。

这是咖啡？

对。看，像这样，饼干涂黄油。

好。

还好吗？

不晓得。

不舒服吗？

没有。

那怎么了？

你觉得，我们该感谢他们吗？

他们？

留东西给我们的人。

喔。好啊，这我们做得到。

你来说？

你不试试看？

我不会说。

你会啊，你会说谢谢吧。

孩子端坐，盯着餐盘，神情迷惑。男人刚想开口，孩子说：

亲爱的人,感谢你们留下食物和日用品。我们知道,这些东西是你们为自己储存的,若你们在场,不论多饿,我们绝不会争食。很遗憾你们无法享用这些食物,愿你们在天堂,在上帝身边安稳。

孩子抬头。这样说可以吗?他问。

嗯,我想可以。

孩子不肯独自留在地窖等待,要随男人在草上来来回回走动。男人将桶装水搬进屋子后部的浴室,又带了小煤气炉和两只锅,从塑料桶取水加热,再倒进浴缸。反复花去许多时间,他希望结果又舒服又暖和。浴缸将满,孩子褪去衣物,打着寒战踏进水中坐下。枯瘦,污秽,赤裸,双手环护肩膀。室内仅亮着一圈带蔚蓝尖牙的炉火。感觉怎么样?男人说。

总算暖开了。

总算暖开了?

对。

哪里学来的说法?

不知道。

好吧,总算暖开了。

他洗净孩子肮脏纠结的头发，用肥皂、海绵为他洗澡，然后排掉污水，取锅里净澈的暖水淋洗全身，用毛巾包覆颤抖不止的身体，再用毛毯围裹起来。梳整湿发之后，他看着孩子，蒸气若雾，由孩子周身散出。还好吗？他问。

脚好冷。

你得等我一下。

快。

他洗完澡爬出浴缸，在洗澡水里倒入清洁剂，用马桶搋子把两人臭气冲天的牛仔裤压进水底。准备好了？他说。

嗯。

他拧动煤气开关，直到炉火噼啪一声熄灭，然后打开手电筒放到地上。两人坐在浴缸边穿鞋。穿好，他把锅和肥皂交给孩子，自己抄起炉具、小煤气罐、手枪，父子俩披着毛毯穿越庭院回到窖仓。

两人在床板上对坐，中间摆着一盘棋。他们各自穿着簇新的毛衣、新棉袜，包裹着干净崭新的毛毯。他组装好小煤气炉，两人拿塑料杯喝可口可乐，过了一会儿，他走回大屋拧干牛仔裤，带回地窖晾起来。

我们可以留多久呢，爸爸？

不能太久。

那是多久？

不知道，再一两天吧。

这里很危险。

对。

你觉得，那些人找得到我们吗？

不会，他们找不到。

可能找得到。

不会。一定找不到。

孩子睡下后，他回大屋拖了些家具放到草皮上，又拉了一床睡垫遮掩窖口。从门内把睡垫拉上层板，小心翼翼关上，让垫身完全盖住窖门。算不上妙计，但聊胜于无。孩子睡了，他静坐床边，就着吊灯用小刀刻削树枝，做成假子弹，仔仔细细装进弹膛空槽，然后重新修整一番。他拿小刀雕塑弹头，用盐磨光，再取煤灰将子弹染成铅色。五发都完成了，一颗颗填入弹槽，喀啦扳上弹膛，翻转枪身细看——这么近距离检视，仍很逼真。他放下枪，起身检查飘挂暖炉上空的冒着气的牛仔裤。

他之前留下的一小把空弹匣,已经和其他物件一起丢了。当初该收进口袋的,如今连一支都不剩。也许改填点四五弹匣,如果拆卸时没有碰坏,导火管可能合用。于是拿美工刀削减弹头尺寸。他起身最后一次巡看藏货,其后调弱灯火,灯焰啪嗒转灭。亲吻孩子后,他缓缓爬入另一张床铺的洁净毛毯,颤抖着,就着暖炉播散的橘红光线再次顾盼这方小小乐园,而后沉沉入睡。

小镇荒废数年,两人谨慎地穿行在脏乱的大街,孩子紧握他的手。经过一只铁皮垃圾桶,桶内有焚尸,除却头骨外形,濡湿的烟灰掩着焦黑的骨肉,怕已特征尽失。连气味都散逸了。街的尽头有市场,堆满空箱的廊道停放着三部金属购物车,他检看一遍,拉开一部,蹲下试转车轮,然后起身循过道推了一趟。

我们带两部车,孩子说。

不行。

我可以推一部。

你的工作是侦察,我需要你做我的耳目。

那么多东西怎么办?

能带多少就带多少。

你觉得会有人找上门?

对,总有一天。

但你说没人找得到我们。

我没说永远找不到。

真希望可以住下来。

我知道。

我们可以小心一点。

我们本来就很小心啊。

如果是好人来呢?

我不觉得路上有好人。

我们也在路上啊。

我知道。

时时小心是不是代表你一直很害怕?

害怕才懂得谨慎,才会小心、机警。

平常你就不怕了?

平常?

对呀。

我不知道。说不定永远都该保持警醒。如果灾难总在最无预期的时候出现,对策大概是无时无刻不在等待它降临。

你随时在等待吗,爸爸?

是,但有时会忘记留心。

煤气灯下,他把孩子放在储物箱上坐着,拿塑料扁梳和剪刀修剪头发。为了修得好看,费去不少时间。修完,他取下孩子肩上毛巾,捡拾地面金发,用湿布抹净孩子的肩脸,端镜子让他瞧瞧。

爸,你剪得很好。

那就好。

我看起来好瘦。

你的确很瘦。

他替自己剪发,结果不太好看。身边热一锅水,用剪刀削理胡须,理毕,再用安全剃刀刮脸;孩子在旁凝视。完工后,他端视镜中的自己,好像没了下颏。他转向孩子:看起来怎么样?孩子歪着头。不晓得,他说,这样你冷吗?

两人享用一顿丰盛的烛光晚餐:火腿,豌豆,薯泥,饼干,卤汁。他找到四夸脱陈年威士忌,还包在购物纸袋里。拿玻璃杯掺水浅尝,不及饮尽已感觉晕眩,便决定停杯。他们吃蜜桃跟奶油饼干做甜点，然后喝咖啡。他把纸盘、塑料餐具倒进垃圾袋，父子俩下了盘棋，才送孩子上床睡。

夜里，噼里啪啦的雨声被挡在窖口的睡垫稀释，但他仍被惊醒。想必雨势一定很急。他下床拎手电筒上楼，抬起窖门，放灯投向庭院。大雨滂沱，院落已被淹没。他关上窖门，雨水渗入门缝，沿台阶滴流，但地窖本身应是密闭的，不至于透水。回头察看孩子，孩子一身大汗。男人帮他拉开一条毯子，给他的脸扇扇风，调弱了暖炉，又回床上睡。

再醒来，感觉雨停了，但这并非他醒来的理由。梦里来过以往未尝见过的物种，径自沉默无语。酣睡时蜷踞床畔，苏醒便潜行遁迹。翻身看着孩子，兴许他第一次明白，自己于孩子确为异形，出自不复存续的星球。所来之处，传奇俱不可信。他不能仅为取悦孩子编造一方既失的世界，却不同时编派败落，或许，孩子较他更洞悉这层道理。他尝试回溯梦境却未成功，仅余梦寐感知。说不定那怪物来捎警讯，然而警示什么？无能自孩子胸臆激发的，在他心底也成灰烬。而今，他心头有个角落，情愿他俩未曾遭此归宿，不断渴盼眷遇的终结。

他确认煤气阀关紧，转过储物柜上的炉具，坐下拆解。松转底盘螺丝，移除配件，用小扳手拆脱两盘炉口，倾斜填装五金器件的塑料罐，拣出螺栓穿入组件锁紧，接上煤气管，手里托着窄巧的生铁炉，又小又轻盈。他把铁炉搁在柜上，将铁板放进垃圾袋，上楼观看天候。窨口睡垫吸附了大量雨水，不容易抬开。他将门板扛在肩上，探看天光。窨外微飘细雨，看不出是什么时间。他看向大屋，眺望湿润的野地，落下窨门，下楼准备早餐。

他们这一整天都在吃吃睡睡。他原先预计要走，大雨却为暂留提供充分的借口。购物推车放入铁皮屋。今日不会有人上路。他们细细检看藏货，取带得走的，在窨仓一角堆成工整的方块。白日短促，几乎不及一日。入夜，雨停了，两人推开窨门，手捧纸箱、包裹、塑料袋穿过潮湿的院落，在铁皮屋装填购物车。漆黑庭院里，窨口微微发亮，像坟冢豁开，古老末世图景中的终极审判日。推车载满了，再捆上塑料防雨布，用橡皮绳将金属扣在网篮上紧系。父子俩后退一步，在手电筒光线下检视车身。应该拆下另两部购物车的车轮，然而为时已晚。应该留下旧推车上的摩托后视镜。吃过晚餐,他俩睡到天亮,醒了用海绵擦澡,淋温水就着水槽洗头,吃早餐,戴上用床单剪的新口罩,随第一道晨光上路。孩子握着扫帚在前,沿路清理断干残枝,男人伏向推车把手,看大路在两人眼前没入尽头。

购物车太重,不好推入湿漉漉的林地,两人在大路中央午餐,煮了热茶,拿最后一瓶罐装火腿配脆薄饼,佐芥末和苹果酱。背靠背望向大路。爸,你知道我们在哪里吗?孩子说。

大概知道。

怎么个大概?

嗯,距海岸两百英里吧。循荒鸦的道路。

循荒鸦的道路?

对,直线距离的意思。

所以快到了吗?

快了,但没那么快。我们不能走荒鸦的道路。

乌鸦不必沿路走。

对。

乌鸦自由自在。

对。

139

你觉得世上还有乌鸦吗？

不知道。

你觉得呢？

我觉得不太可能。

他们飞得到火星之类的地方吗？

不行，飞不到。

太远了？

对。

就算很想也飞不到。

就算很想也不行。

如果飞到半路太累，会掉回地面吗？

嗯，不可能飞到半路，半路是外太空，外太空没有空气，根本不能飞。而且外太空太冷了，乌鸦会冻死。

喔。

反正它们也不知道火星在哪里。

那我们知道吗？

大概知道。

假如有太空船，去得了火星吗？

嗯，假如有很好的太空船，又有人帮忙，应该能去。

那里会有食物跟日用品吗?

没有,那里什么也没有。

喔。

他们待了很久,坐在叠起来的毛毯上,朝两个方向眺看大路。无风,什么也没有。过了一会儿,孩子说:没有乌鸦了,对不对?

没有了。

只剩书里有。

对,只剩书里的。

我不信。

要走了吗?

好。

两人起身,收拾茶杯和剩下的薄饼。男人将毯子叠放在购物车顶,拉紧防雨布,之后看看孩子。怎么了?孩子说。

你想过我们快死了。

对。

但我们没死。

对。

好。

可以问个问题吗?

可以啊。

如果你是乌鸦,会飞很高去看太阳吗?

嗯,会。

我想也是。真是太棒了。

是啊。走了?

好。

他停下脚步:你的笛子呢?

我扔掉了。

扔了?

对。

好吧。

好。

苍灰、漫长的黄昏中,他俩沿桥渡河,越过水泥围栏,望着迟缓的水流自脚下经过。下游飘飞煤灰的尘雾像黑纸帘幕,勾出一座焦城的轮廓。入夜,两人推沉沉的购物车爬长坡,又看见焦城一次。他们停步歇息,男人把推车转横,防止车轮在路上滑动。两张口罩都蒙上了泛灰的唇形,眼窝围染着黑灰。他俩静坐在路旁烟尘里,朝东看焦城形影在渐次降临的黑夜中暗下去。不见光亮。

爸,你觉得那里有人吗?

不晓得。

什么时候休息?

现在就行。

在斜坡上?

我们把推车靠石头放倒,用树枝盖起来。

这里适合扎营吗?

嗯,人都不喜欢在坡道上逗留,而我们也不想有人逗留。

所以很合适我们。

应该是。

因为我们很聪明。

嗯,别太自作聪明。

好吧。

好了?

好。

孩子起身,取扫帚横在肩上,注视着父亲。我们的长期目标是什么?他说。

什么?

长期目标啊。

哪里听来的说法?

不知道。

不行,哪里听来的?

你说的。

什么时候?

很久以前。

我后来怎么说的?

我不知道。

好吧。我也不知道。走吧,天黑了。

隔天向晚,他俩绕过一处弯路,孩子突然停步,将手放在推车上。爸,他悄声说。男人抬头,大路远处有一抹矮小的身影,佝偻且蹒跚。

他斜倚着购物车把手。会是谁呢?他说。

怎么办,爸爸?

可能是诱饵。

我们该怎么办?

跟他走一段,看他会不会转身。

好。

　　那旅者一次也没有回头。他俩尾随一会儿，赶上了他。是个老人，瘦小、驼背，背着一只老旧的军用帆布袋，袋口横绑一捆毛毯。他取一柄去了皮的树枝做手杖，沿路拍拍敲敲。老人瞥见他俩，才让到路边回看，警惕地等着。他颏下系一条脏毛巾，像正闹着牙疼。即便新世界落拓如是，他的体味犹算其中难闻的。

　　我什么都没有，他说，你们想搜就搜。

　　我们不是强盗。

　　老人斜倾一耳向前，大喊：你说什么？

　　我说我们不是强盗。

　　那你们是谁？

　　他们不知如何作答。老人提起手腕背侧擦抹鼻头，枯站着等。他没穿鞋，双脚裹着破布和纸板，用绿麻绳捆在一起，一层层脏旧的衣物自布面裂口或破洞露出。一瞬间，他似乎又畏缩了一些。老人靠附手杖，屈低身体俯向路面，一手盖在头顶。坐进尘土里，状似一叠翻落推车的碎布，他俩上前低头探看他。先生，男人说，先生？

孩子蹲下，伸手放在他肩上。他吓坏了，爸爸，这人好害怕。

他举头看看大路两头，说，要是有埋伏，得让他先走。

他不过吓坏了而已，爸爸。

告诉他我们不会害他。

老人左右摆头，手指紧紧缠握肮脏的发丝。孩子抬脸望向父亲。

他可能以为我们是幻影。

他把我们想成什么？

不知道。

该走了，我们不能在这儿逗留。

他很害怕，爸爸。

你最好别碰他。

要不我们给他点东西吃。

他站着远望大路。妈的，他轻声骂道。接着低头看老人一眼。说不定他会羽化成仙，他俩则会变成树。好吧，他说。

他解开防雨布向后卷，搜寻罐装食品，找出一罐混合水果，从衣袋取出开罐器划开瓶口，掀开铁盖，走近蹲下，把罐头交给孩子。

汤匙呢？

不用汤匙。

孩子接下铁罐递给老人。来，他轻声说，这个给你。

老人抬眼看着孩子。孩子拿着铁罐朝他做了个手势，仿若在喂食路旁一只受伤的兀鹰。不要紧的，他说。

老人将手从头顶放下，眨着眼睛，灰蓝眼瞳半掩在枯瘦黝黑的皮肤褶皱里。

拿去，孩子说。

他伸出干瘦如柴的手指，取下罐头，收在胸前。

吃吧，孩子说，很好吃。他用手做出倾倒瓶身吃食的动作，老人低头盯着铁罐，用力握紧举起，皱皱鼻头，纤长发黄的手指沿罐壁胡乱扣抓，终于倾斜罐身喝了，糖汁顺污秽长须滑下。他放下铁罐吃力咀嚼，吞咽时头颈一个抽扭。你看，孩子悄声说。

看到了，男人回答。

孩子转身看着他。

我知道你想问什么，男人说，答案是不可以。

我想问什么？

他能不能跟我们走。不行。

我懂。

你懂。

对。

好。

可以分他一些别的东西吗?

先看他情况怎么样。

两人看老人进食。吃完,他环握空罐垂坐,低头看着罐底,像在寄望冒出更多食物。

你想给他什么?

你觉得可以给他什么?

我什么也不想给。所以你想给他什么?

我们开火煮东西,他跟我们一起吃。

你说扎营停宿。

对。

他低头看向老人,老人望着大路。好吧,他说,但我们明天就走。

孩子不答话。

我只能答应这么多。

好吧。

说好就是定了,明天不许讨价还价。

什么是讨价还价?

就是要求更多、重做结论。明天不准再求,今天说定了就是结论。

好。

好。

他俩扶老人起身,将手杖递还给他。他的体重不足百磅,朝四下犹疑地张望,男人接过他手上的空罐,甩进树林。老人想把拐杖也交给他,却被拨开了。最后一次吃东西是什么时候,他问。

不知道。

你不记得了。

我刚刚吃完。

要不要跟我们一起吃饭?

不知道。

不知道?

吃什么?

炖牛肉吧,配饼干,跟咖啡。

那我拿什么换?

告诉我们旧世界去哪儿了。

什么？

你什么都不用做。能走吗？

可以。

他低头看看孩子，说，是小男孩吗？

孩子望向父亲。

看起来像什么，孩子的父亲问。

不晓得，我看不清楚。

看得见我吗？

看得出有人。

好，那走吧。他盯住孩子，说，别牵他的手。

他看不见。

不许牵手。走吧。

去哪里，老人问。

去吃东西。

老人点头，挥出手杖朝路面试探，敲敲拍拍。

你多少岁？

九十。

不对。

好吧。

你对谁都这么说吗?

谁?

别人。

是吧。

这样人家才不会欺负你。

对。

有用吗?

没有。

背包里装的什么?

没什么,你可以看。

我知道,可里面到底有什么?

没什么,就一点东西。

没吃的?

没有。

你叫什么名字?

艾利。

姓呢?

只叫艾利不行吗?

可以。走吧。

他们露宿林地,落脚处距大路之近,远胜他原本的打算。他拖着购物车,孩子尾随在后稳住车身方向。两人生火让老人取暖,尽管他心底并不情愿。三人吃过晚餐,老人独自裹着被单,学小孩咬着汤匙。仅有两个杯子,他捧饭碗喝咖啡,两只大拇指勾扣碗口,如忍饥受饿的佛陀,衣衫褴褛,双眼盯视炭火。

我们不能带你走,你明白吗,男人说。

他点头。

上路多久了?

一直在路上。不能停下来。

怎么过活?

就是往前走。我早知会有这天。

你早知有这天?

嗯,早知会是这种情况,从来不怀疑。

有没有预先做准备?

没有。怎么准备?

不知道。

人老想为明天做准备,我不来这套。明天不会为人做准备,明天根本不知世上有人。

你说的对。

就算预做安排，事到临头还是无所适从。不会知道自己是否想自我了结。成了最后幸存者又如何？自我了结又如何？

你会期待到那时自己死了吗？

不会，但我会想要是已经死了该多好。只要你活着，死亡就在前方。

会不会想没出生该多好。

怎么说，做乞丐可没得挑。

不想出生也算太挑？

生都生了。反正，世道如此，奢求反而愚蠢。

说得是。

人都不想出生，也不想死。他抬头看向火堆另一侧的孩子，其后回看男人。男人见他细小的双眼借火光注视自己，不知他将看出什么。他起身，往火里堆上更多柴枝，从枯叶堆中耙拢炭块。一个震颤，亮红的火星飘升，往暗黑虚空殒逝。老人饮尽咖啡，把饭碗摆置身前，探出双手屈身向火。男人注视他的一举一动。怎么知道自己是最后的幸存者？他问。

我想不会有人知道。是就是了。

不会有人知道。

知不知道也没有差别。假若死了,也跟他人的死没有两样。

上帝知道,对吧?

没有上帝。

没有吗?

世上没有上帝,你我都是先知。

我不懂你怎么能活下来。你都吃什么?

不知道。

不知道?

有人赏我东西。

有人赏你东西?

对。

吃的?

嗯,吃的。

胡扯。

你就赏我东西吃了。

不是我,孩子赏的。

路上还有其他人,不止你们。

那你是一个人吗?

老人眼色突转机警。什么意思？他说。

有没有同伙？

什么同伙？

任何同伙。

没有同伙。你瞎说什么？

我说你。你在执行什么任务？

老人没有回答。

我猜你是想跟我们一块走。

跟你们？

对。

你们才不带我走。

你不想跟我们走。

要不是饿，我不会跟你们走这一段。

赏你东西吃的人在哪儿？

没人赏东西吃，我编的。

你还编了什么？

我跟你们一样在路上逛，没什么不同。

你真叫艾利？

不是。

不想说出真名？

不想。

为什么？

我不信任你，不想你滥用我名号，我不想被提起。我不要有人说看过我，不要有人描述我说过什么。要是你对人谈起我，才不会有人知道你说的是我，我只是路人。这时节，越少人提越好。假若你我劫后余生在大路上相遇，或许有话可谈。但我俩并非如此，所以别说了吧。

不说也好。

你是不想当孩子的面说。

你不是团匪设的诱饵吧？

我什么都不是。你要我走我就走，我能找到路。

不必了。

我好久没看过火，如此而已。我的过法活像禽兽，你不会想知道我吃些什么。见到那孩子我还以为自己死了。

你以为他是天使？

我不晓得他是什么，只是没想到还能看见小孩，没想过会遇上这种事。

要是我说他是神呢？

老人摇头。这些我早经历了,好几年了。人活不了的地方,神也不会好过。你看吧,终究是孤零零的好。但愿你说的不是真话,与末世真神同路是很可怕的,我宁愿你言过其实。要是所有人都没了才好。

真的?

当然。

对谁好?

对谁都好。

对谁都好。

是,大家都解脱了才好。大家都好喘口气。

谢谢你的忠告。

本来就是如此。等咱们全没了,天地空无一人,死神还会继续点数时日,他会无所事事在路上晃荡,纵使有事也找不着人施行。他会说,都上哪儿去了?这就是终局。有什么不好?

清早,三人站在路上,他与孩子争辩该留哪些东西给老人。老人最后的收获不多,仅有几瓶罐装蔬果。孩子索性踱到路边,一屁股坐进灰土里。老人将铁罐收入背袋,缚紧束绳。你该谢他,知道吗,男人说,我自己可不会给你什么。

或许吧。也许不谢比较好。

为何不谢?

要我也不会给他什么。

伤他的心你也不管吗?

他会伤心吗?

不会。他不是为了听你谢他。

那他为什么?

他看向孩子,孩子看着老人。你不会懂的,他说,只怕我也不懂。

说不定他还信神。

我不知道他信什么。

他会没事的。

他不会。

老人静默无语,径自环顾四下天光。

不祝我们好运吗,男人说。

我不懂那是什么意思,好运长什么样子,谁知道那是什么东西?

其后各自上路。他再回看,老人挂着手杖出发,沿路敲敲拍拍,背影在他俩背后渐渐缩小,像故事书里的远古裨贩,沉郁、佝偻，纤瘦如蛛，不多久便消逝无踪，永不复返。孩子始终没有回头。

过午，他俩在路面铺上防雨布，坐下吃冷食作午餐。男人细看孩子，说，不说话吗？

说啊。

你不开心。

我没事。

断粮之后，你会有更多机会思索。

孩子不搭腔。两人默默进食。孩子回望大路，过了一会儿，说：我懂你的意思，只是，我回忆的方式一定跟你不同。

或许吧。

我没说你做错。

就算你心里觉得我错，也不会说。

没关系。

是啊，男人说，毕竟，这时节，路上没什么好事。

你别嘲讽他。

好吧。

他快死了。

我知道。

要走了吗？

嗯，男人说，我们走吧。

深夜，冰冷、郁黯的咳声逼着他醒来，一直咳到前胸刺痛，才屈身向火，吹燃余炭，添放新柴，起身踱离营地，走到火光尽头，肩背环裹着毛毯，跪进枯叶灰土。不多久，咳意也平息了。他想起在世上某个角落晃荡的那老头，视线穿越墨黑的树栅回看营地。但愿孩子已重新入睡。他跪坐着，微微气喘，双手扶在膝头。我要死了，他说，告诉我怎么了断。

隔日，两人跋涉直至暮色降临，他犹未寻着适合生火的安全落脚处。从推车中提出煤气罐，直觉好轻，坐下来推开阀口，发现气阀早已松动，扭转炉火开关，毫无动静。他倾身伏在炉上细听，再次拨弄相连的两只气阀，但油气已空，他只能蹲踞一旁，两手交抱成拳抵在额上，双眼低垂。少顷，他抬起头，静坐着注视冷硬、漆黑的树林。

父子俩冷食玉米饼配罐装熏肠青豆做晚餐，孩子问煤气怎会这么迅速烧完，他只说事实如此。

不是说撑得了几个星期？

对。

结果才几天而已。

我说错了。

他俩静默进食，稍过一会儿，孩子说：是我忘了关气阀，对吗？

不是你的错，我也该仔细检查。

孩子在防雨布上放下餐盘，视线投向远方。

真的不是你的错。记得同时关闭两只气阀不容易。况且，煤气管也该封四氟带防漏气，我没处理。是我的错，我忘了提醒你。

根本没有胶带，对吧？

不是你的错。

两人继续曳步向前，形貌细瘦、污秽，如街巷毒虫。为抵御天寒，头颈包覆毛毯，吸吐成汽，在污黑、绢状的堆积物间蹒跚行走。横渡宽阔沿海平原，吹拂不息的强风催他俩隐入嚎嘘不止的尘雾，从中探寻安身处所，于废屋、粮仓、大路边沟侧坡中，拖过毛毯盖过头部。正午天色亦如地狱牢窖漆黑。寒气刺骨，他把孩子搂近身边。别灰心，他说，会没事的。

剥蚀成沟的大地贫瘠不毛，蚀土上枯骨蔓伸，丛聚的废弃物形象难辨。田野间，农舍墙漆剥落，壁板弯折，迸离骨架。万物面目模糊，了无残影。大路斜降，穿破枯藤蔓杂的密林，绕经湿沼，水面覆满枯朽芦草。原野外缘，阴灰雾幕盖覆地景，同时笼蔽穹窿。向晚，天开始降雪，两人披挂防雨布继续前行。湿雪窸窣作声，落在塑料遮布上。

接连几周他都极少入睡。一日清早醒来，孩子不在身边。他持枪坐起，起身去寻，但视线内并无孩子踪影。他套上鞋走到林木外缘。东向晨光苍凉，诡异日光正踏进当日清冷的航路。他见孩子飞奔着穿过田野。爸爸，他喊，树林里有火车。

火车？

对。

真的火车？

对，你来看。

你没上车吧？

没有。只上去了一下下。快来看!

车上没人?

没人,应该没有。我看了马上跑回来叫你。

引擎还在?

在,柴油大引擎。

父子俩穿过原野,进入路另一边的林地。铁道循郊野低降延展,攀附近旁护堤的小丘,然后穿过树林。火车头由柴油引擎发电带动,附挂八节不锈钢客座车厢。他牵起孩子的手,说:我们坐下,看看再说。

两人坐在路堤静待,丝毫未见动静。他把手枪递给孩子。孩子说,你带着吧,爸爸。

不行,我们说好了,你拿着。

孩子接过枪放在腿上。男人朝右走,立定脚步端视车身,跨越铁道走向车厢另一侧,沿车体徒步巡视,最后在末节车厢尾端现身,挥手招呼孩子。孩子起身,将枪插入腰带。

车里一切都蒙覆尘土,廊道里秽物散布,座椅上衣箱大开,当是许久前便被人由车顶置物架翻抬下来,洗劫一空。他在头等厢找到一摞纸盘,吹落盘面灰尘,收入衣袋,是此行唯一的收获。

火车怎么开到这里呀,爸爸?

不晓得,大概哪个团伙试图开车往南走,开到这里没油了。

停很久了吗?

嗯,应该有段时间了。

他俩巡视最后几节车厢,再沿铁轨走回车头,登上车顶狭道。道上尽是铁锈和落漆。他们挤入驾驶舱,男人吹开驾驶座上的灰,将孩子放进去。操纵机制很简单,只用推拉油门杆。他模拟发出火车开动前的噪声与鸣笛声,不知此等谐仿于孩子是否有意义。玩弄一会儿,父子俩倚傍尘沙积染的车窗,眺望铁轨向荒草场蜿蜒远去。即便眼下看到的视野殊异,他俩的认知并无不同——这火车会滞留此地,在永恒的进程中缓慢崩解,世界再不可能见识火车飞驰。

走了吗,爸爸?

好啊。当然。

路旁不时出现小石堆，这是吉卜赛符码，遗落的私密讯息。距他初次遇见这类密码已有好一段时间，北地相当普遍，由被劫掠一空的城市朝外铺排，尽是寄予挚爱的绝望信息，而挚爱已或流散，或消逝。其时存粮散尽，杀戮四起，恶棍满目，俱能在人前吞噬其骨肉。城镇被恶名昭彰的匪帮占据，他们朝废墟开道，在灰白如齿、虚苍若眼的残骸碎屑中翻爬、出没，拿尼龙网袋盛装外观焦黑难辨的罐头食品，宛如游荡地狱商场的采购者。细软黑沙沿街翻滚，若乌贼喷墨顺海底铺展。寒天缓袭，黑夜降早，拾荒者擎火把渡越险峻裂谷，在吹积堆聚的尘土中踏下平滑的鞋印，状似静默紧闭的眼睛。大路上，旅者虚竭，倒毙。苍凉荒蔽的大地回旋着，与白日错身，又返回原点，运行犹似太古晦夜中，任一无名星球的律动，杳无行迹，未被留意。

步抵沿海之前许久，他俩已耗尽存粮。郊野早几年已被榨干掠净，路旁民房、建筑里，也再搜不出什么。他从加油站翻出一本电话黄页，取铅笔对照地图记下所在城镇名号。父子俩在建筑正面的人行道边，嚼着咸饼，寻找小城在图上的落点，但遍寻不着。他重整地图碎片再寻一回，终于找到了，指给孩子看。他们的位置较他原先设想的偏西五十英里，他在图上画直线标记，说，我们在这里。孩子伸手追索向海的路径，问，我们多久能到？

两周，或者三周。

蓝色的吗？

你说海？我不知道。以前是蓝的。

孩子点头，静静坐着查看地图，男人静望着他。他明白孩子何以如此，他小时候也曾这样细究地图，指尖停留在自己居住的市镇，正如翻黄页搜索家人姓名。确认自族归附群体，万事皆有所属。确认了自己合理的存在。走吧，他说，该上路了。

傍晚开始降雨，他俩偏离大路，走上横越林野的泥道，借一幢小屋过夜。小屋地面铺了水泥，几只空钢桶在墙边立成一排。他拖过钢桶，抵实大门，就地生起一团火，再用展平的纸箱铺成床。雨点整晚咚咚洒落钢皮屋顶，他醒来时营火将熄，周遭空气阴冷，孩子披毛毯坐着。

怎么啦？

没事，我做噩梦了。

梦到什么？

没什么。

还好吗？

不好。

他伸手环抱孩子，说，没事了。

我一直哭，你都不醒。

对不起，我太累了。

我是说梦里。

清早睡醒，大雨已停，他倾听雨水缓缓滴落，在硬冷水泥上偏转腰臀，透过墙板缝隙看向灰扑扑的郊野。孩子还睡着，雨水在地面落聚成滩，水面有小气泡浮升、划荡，继而消灭。他们曾在山间小城中一处类似的屋舍落脚，像这样聆听雨声。那城里有一爿老式药房，店内设黑色大理石台桌和铬黄色高脚凳，开裂的塑料椅垫贴补着绝缘胶带。药品部早给洗劫一空，附设卖场竟完好无缺，昂贵电器在架上丝毫未损。他立定环视店铺：杂货，日用品——这是什么？他抓起孩子的手朝外走，但孩子已然看清：吧台尽头，一个钟形蛋糕罩扣着一颗人头。干巴巴顶着鸭舌帽，干枯的双眼完全朝内翻转。那人想过自己会有这天吗？不会的。他爬起来，跪到火边朝炭火吹气，拎起燃尽的柴块，将火重燃起来。

你说世上还有其他好人。

对。

在哪里?

躲起来了。

躲谁?

躲彼此。

好人多吗?

不知道。

总之还有几个。

对,还有几个。

你说真的?

当然是真的。

也可能不是真的。

我相信是真的。

好吧。

你不信我。

我信啊。

好吧。

我永远信你。

我觉得你不是。

是真的。我得信你才行。

他们踏越泥泞,下坡走回高速公路。沿途,雨水播散泥土与湿尘的气味。大路边沟冒着黑水,自铁制排水管汇入水潭。一头塑料鹿杵在庭园间。隔日向晚,他们步入一座小镇,三个男人从卡车后晃出来,拦住去路。他们个个形容瘦削,衣衫褴褛,手里握着几根水管。篮里装的什么?他掏枪瞄准三人,那帮人立定不动,孩子抓紧他外衣。无人发话。他重新推动购物车,对方退入路旁。孩子接过推车,他枪口朝着对方,人倒退着走,竭力让自己看上去像常见的亡命杀手,胸口一颗心却咚咚狂击,喉头也窜出咳意。那帮人聚回大路中央,站着观望。他把枪挂回腰间,转身接手购物车,攀上小丘后回身看,那三人犹立原处。他让孩子推车,自己穿越一方院落,走近能看清来路的位置,那些人消失无踪。孩子十分害怕。他把手枪放在盖住推车的防雨布上,接过购物车,两人继续向前。

父子俩趴守林野,直至黑夜降临,遮住大路,未见有人经过。

天极冷，魆黑全然遮断视线后，他们拖购物车跌跌撞撞返回大路，取出毛毯裹住全身，重新出发，凭脚底在路面探路。一只推车轮不时发出嘎吱声，对此他们无能为力。挣扎跋涉数小时后，两人费力地钻过路边的灌木，筋疲力尽地瘫倒在冰冷泥地上发抖，沉睡到天亮。醒来，他病了。

他发着烧，两人像亡命之徒，躺在林地上。无处生火，举目各处皆不安全。孩子坐在枯叶中，看着他，眼角潮润，说：你会死吗，爸爸？你快要死了吗？

没有，我只是病了。

我很害怕。

我知道。不要紧的，我会好的，很快会好起来的。

他的梦又明亮起来。退逝的世界返回，凋亡的亲故如浪潮般涌现，斜睨着他，目光迷离，全然不发一语。他回顾过往人生，印象如此久远。泊旅陌生城市的一个灰郁的天，他站在窗畔俯视大街，身后立着一张木桌，桌面燃一盏灯，模样小巧，周围书、纸散置。下雨了，街角小猫转身踏过人行道，移坐咖啡厅雨棚下，一旁的咖啡桌边，一个女人双手托着下巴。许多年后，他走进焚毁得焦黑的废弃图书馆，见熏黑的书册浸在水中。架柜倾覆。想到在成千上万列的书册间分类条陈的无数谎言，不由生出些许怒气。他拾起一本书，迅速翻阅因浸透了水而沉甸甸的内页。过去，他从未体识枝节小事有昭示未来的价值，而今却赫然明白，眼前杂物错置的这方空间本身就是一则预言。他抛下书本，最后环视这片场景，朝外向寒凉、昧灰的天光走去。

又过了三天。四天。他睡得极浅，不断因痛苦的咳嗽醒来，尖声抽吸着空气。对不起，他对严酷的魆黑开口。不要紧，孩子说。

他点燃小油灯，放在石块上，裹覆毛毯起身，蹒跚穿过遍地枯叶。孩子轻声叫他别走。只一小段，他说，不会太远，你喊我我听得见。倘若油灯熄灭，他便找不着回来的路。坐进山顶落叶，他举目望向黑夜，魆黑中万事隐匿，连风也停歇。过去，像这样远离营地，静坐远探郊野最淡薄的形貌，隐没的月亮照出地面腐蚀性废料的痕迹，他偶能看见光，郁暗，形影无定，在河对岸闪现，或在焚毁的扇形焦黑废城里潜行。清晨，他不时举起望远镜重返观测点，审视郊野，试图探寻飘散的烟迹，却从无所获。

冬日里，他混在一帮粗野的男人间，站在野地的边沿，约莫还是孩子的年纪，又或稍大一点。他看男人取十字镐、鹤嘴锄，挖着边坡石地，引出一大团毒蛇，数量可能有上百条，盘聚在地底相互取暖。尖冷的日光下，它们僵直的身躯缓缓贪懒蠕动，好似巨兽肚肠突见天日。男人朝蛇群泼洒汽油，活生生就它们躯体点火，像遍寻不着万恶解药，只好着手歼灭假想的邪恶化身。点燃的蛇身疯狂扭动，其中几条挣扎着爬过洞底，照亮地洞幽深暗处。蛇本喑哑，过程了无苦痛呻吟，男人也以同等静默见证蛇体燃烧、蜷曲、变黑，其后映着冬日薄暮，团伙无声解散，各自承载各自的思虑回家晚餐。

一夜，孩子噩梦醒来，不愿对他描述梦中情景。

不用跟我讲，男人说，没有关系。

我好怕。

没关系。

有，有关系。

只是梦而已。

我真的很怕。

我知道。

孩子别转过头,男人搂抱住他说:听我说。

什么。

如果你梦见未曾遭遇或往后没有机会遭遇的世界,而你在其中再次体验欢乐,那你就是放弃了,懂吗?但你不准放弃,我不允许。

再上路时,他体虚气弱,言谈间透露心志颓败,程度更胜以往,因腹泻更显形貌污秽。他靠在购物车把手上,抬起憔悴陷落的双眼顾视孩子,知觉两人之间距离更加遥远。两日后,两人路经刚受天火肆虐的郊野,沿途只见地景焦毁。大路上,灰尘积累几英寸之高,推车行进困难。路面受热,踏下即起皱变形,之后慢慢复原。他倚附推车把手,顺着又长又直的大路远望。枝叶稀疏的林木垂倒,水道承流着灰泥,大地枯黑,形貌徒具。

穿过荒野中的一处交叉路口,他们不时遇见经年被旅人弃置沿途的财物:衣箱,旅行袋。眼下万物尽为毁弃,焦黑。老旧的塑料旅行箱因受热而弯曲变形。四处可见拾荒者自柏油路面拔出物件的痕迹。前行一英里,死尸渐入眼帘:形体半沉路面,四肢搔抓躯壳,唇齿大开似正嚎叫。他伸手拍搭孩子的肩膀。牵着我的手,他说,我不想你见识这些。

因为收进脑袋的东西会永远留在那里?

对。

不要紧的,爸爸。

不要紧吗?

这些画面早在我脑袋里了。

我不想你看。

不看画面也还是在。

他停步靠着推车,垂头探看路面,然后盯着孩子,孩子神态异常平静。

我们继续往前走吧,孩子说。

好啊。

爸,这些人想逃命对不对?

对。

为何不逃离大路?

逃不开,周围全烧起来了。

父子俩在枯槁的人体间绕行，见焦黑皮肤被人骨撑张，脸皮沿头壳皱缩迸裂，犹如真空脱水过程中的可怖受难者。他俩披着飘飞的烟尘，默然穿行静寂的过道，与干尸错身，后者沉陷受冷凝固的路面，已然永世不得脱身。

路过尽数焚毁的村庄，村里仅余几座金属储物槽和几管熏黑的砖砌排烟道直立。被融化的玻璃沿着大路边沟汇聚成残灰沼滩，锈蚀的细铁丝成束攀沿着路缘，连延数英里。每踏一步他都发出连声剧咳。孩子注视着他，而他确如孩子所想。他理当如孩子所想。

他俩静坐路面，啃食残剩的、硬如饼干的铁锅烘面包，配最后一盅金枪鱼罐头。他打开一瓶梅脯，两人将铁罐传递来去，轮流享用。孩子举起罐身喝干最后一口梅汁，将铁罐放在腿上，食指沿内侧勾画一圈，送入口中。

小心别割破手，男人说。

你说过好多次了。

我知道。

他看着孩子小心翼翼地舔食瓶盖，像小猫贴着镜面舔舐自己的倒影。别盯着我,孩子说。

好吧。

他折过罐子的盖子,把铁罐放在身前路面上。怎么了?他说,有什么事?

没事。

说吧。

我觉得有人跟踪我们。

我也觉得。

你也觉得?

嗯,我猜到你要说这件事。有什么打算?

不晓得。

有什么想法?

继续走,不要留下垃圾。

要不他们会以为我们有很多存粮。

对。

就会把我们杀掉。

不会把我们杀掉。

可能会。

不会有事的。

好吧。

我觉得我们可以趴在草地里等,看看他们究竟是些什么人。

看看他们有几个。

对,看看有几个。

好。

过了河就能爬上崖顶监视大路。

好。

那我们去找个好位置。

两人起身,将毛毯堆入购物车。铁罐拿着,男人说。

沿大路还未走到与溪流交汇处,天已沉入悠长的暮色。他们步履艰难地踏过桥面,推车穿越树林,寻找隐蔽地点安置购物车。昏暗的天色中,两人站定回看大路。

把车藏在桥下如何?孩子说。

要是那帮人到桥下取水呢?

你觉得他们落后我们多远?

不知道。

天快黑了。

我知道。

如果他们摸黑赶上来了呢？

我们去找合适的瞭望地点。趁天还没黑透。

藏妥购物车，他俩拿了毛毯，穿过石块，攀上边坡，挤进一处栖所，视线能穿越林木回探半英里外的大路。栖处挡风，两人裹着毛毯轮班监看，不一会儿，孩子睡着了。昏沉将睡之际，他瞥见一抹人影荡出路面停住，另两枚身形随即补上，其后，又出现第四个人。小帮伙聚拢后，又迈步出发。暮色甚浓，他却辨得一清二楚。他揣度这帮人不至移动太远，后悔自己没往离路更远的位置栖身。如果这伙人停驻桥下，今夜将显得格外冰冷漫长。四人偏离大路，跨过桥，三男一女。女人步履摇摆，略走近便看出怀有身孕，男人肩背吊挂旅行袋，女人提小巧衣箱，难以形容四人形貌多么狼狈、凄惨。他们轻轻呼气成烟，过桥后继续沿路向前，一个接一个，没入等候身前的黑夜。

无论如何，此夜依旧漫长。等到晨光足够亮堂，他套上鞋，起身用一条毛毯裹住全身，走出栖所，查看低处的大路、呈铁灰色的裸秃林木，以及林后的郊野。郊野上，田犁刻画的沟槽依然隐约可见，过去大约是亩棉花田。孩子还睡着，他下坡找到推车，拣出地图与瓶装水，自所剩无多的存粮中挑起一瓶水果罐头，走回栖地，静坐在毛毯堆中，研究地图。

你老错觉我们走得比实际上远。
他移动指尖。那就这里。
再退后一点。
这里。
好。
他叠起松软腐旧的图纸，说，好。
两人静静坐着，眺望林木背后的大路。

你以为先祖看顾着你？正一个个捧抱账本估量你生命的重量？他们拿什么测量？天下无有账本，而先祖早弃世入土。

郊野上，松林外面是常绿橡树，橡木外面又是松林。还有木兰树。树木焦枯，万物亦然。厚积的叶堆中，他拾起一枚残叶在手中捏碎，任碎末撒落指间。

隔日清早上路，步行不远，孩子拖拉他的衣袖，两人止步。

一道淡薄的炊烟自前方树林飘升，两人站着凝视。

怎么办，爸爸？

也许该绕过去看看。

我们还是继续往前走吧。

要是这帮人跟我们同路呢？

那又怎么样？孩子说。

那他们就会落在我们后头。我想知道他们是什么人。

如果是军团怎么办？

他们只生了一把小火。

要不我们等一等？

不能等。要断粮了，我们得走起来。

推车留置林地，他查验断桩上的年轮——木然，笃实。父子俩伫立细听。空中稳静无风，炊烟攀直，四下阒寂。近日落降的雨水把落叶泡得松软，踩踏脚下亦静谧无声。他转身看着孩子，孩子肮脏的小脸满是恐惧。他们在一段距离外绕着火兜圈，孩子紧握他的手。他蹲下，伸出手臂环抱孩子，两人就这么谛听许久。我觉得他们离开了，他悄声说。

你说什么？

我觉得他们已经走了,可能有守卫通报。

也可能是陷阱喔,爸爸。

好吧,我们再等一下。

他俩静候着,视线穿过林木还能瞥见炊烟。一袭冷风搔乱了树顶,轻烟转向,他们嗅到气味,知道火上有东西烧煮。我们绕圈走,男人说。

我可以牵你的手吗?

当然可以。

树林仅存焚后的残干,近处无可留心。我猜他们看见我们了,男人说,然后就逃走了。他们看见我们有枪。

食物只好留在火上。

对。

过去看看。

很恐怖啊,爸爸。

不要紧,不会有人在。

走进小小的林间空地,孩子用力攥住他的手。那帮人什么都带走了,仅留黑乎乎一团弃物在火上串烤。他凝步检视四周,孩子回身,头脸埋入他衣袖,他急闪一眼窥视状况。怎么啦,他说,怎么回事？孩子摇头，说，爸。他转身再望一眼——孩子看见的，是具无头炭焦的婴尸，肚肠掏净挂在架上熏烤。他弯身抱起孩子走向大路，边迈步边把他抱得更紧。对不起，他悄声说，真的对不起。

他不知道孩子还会不会再张口说话。两人傍河扎营，他静坐火旁，暗夜中听河水川流不息。这栖地并不安全，水流声掩盖一切动静，却能多给孩子一点慰藉。父子俩吃尽最后的存粮，他坐下仔细研究地图，取一截软绳测量纸上的大路，钻研一阵，又重量一回。向海路途漫长，而他亦不确知步抵海岸后又将面对什么。他将碎裂的图纸收拢，塞回塑料袋，静静坐着凝望炭火。

隔日，沿着狭窄的铁桥过河，进入一座老旧的磨坊镇。他俩巡遍一幢幢木屋，却毫无所获。溘逝经年的男人身穿工作服端坐平屋前廊，像宣告特殊假期来临的稻草人。他们沿磨坊那绵长污黑的外墙走，窗户全被砖石封上。微小的黑煤灰在身前的街面上翻飞。

路旁散落的物件稀奇古怪：电器，家具，工具。流连大路的旅人归趋死亡,三三两两,抑或集体一致。这是他们抛却经年的家当。一年前,孩子偶尔还从路上挑拣些什么,在身边挂一段时间,如今再不见类似举动。他俩并坐歇息,喝光了仅余的清水,让塑料方罐立在路面。孩子说,假如小婴儿还在,可以跟我们。

嗯,可以跟我们。

那些人在哪儿找到他?

他没回话。

别的地方会不会还有婴儿?

不知道。有可能。

我那样说他们,觉得很愧疚。

谁们?

那些被烧的人,陷在地里被烧的人。

我不记得你说了他们什么坏话。

不是坏话。要走了吗?

好。要坐购物车吗?

不用了,没关系。

坐一下,好不好?

没关系,我不想坐。

平坦郊野里，水流迟缓。路旁的泥滩上凝着尘灰。沿海平原上，铅灰色的河水蜿蜒穿过荒芜的农地。两人继续前行。前方大路斜降，路旁竖着一支竹竿。应该是座桥，他说，可能有小溪。

可以喝溪水吗？

别无选择了。

喝了不会生病吧？

不会吧。说不定早干了。

我先去好吗？

好啊，当然好。

孩子朝大路跑去。好久不曾见他奔跑：双肘外张，随不合脚的网球鞋律动，沿路上下拍打。他收咬下唇，停步注视。

流水仅是一汪小泉，在水流窜入地底水泥管的位置能看出细微波动。他朝水里吐痰，看痰液是否随水流动，然后由推车取来布块、塑料罐，让罐口覆上布条，沉入泉中盛水，然后滴滴答答提出水面正对天光。乍看水质不差。他摘掉布块，把水罐递给孩子。喝吧，他说。

孩子酣饮一阵将水罐还给他。

多喝点。

你也喝点,爸爸。

好。

父子俩坐下过滤水中尘渣,一直狂饮到喝不下为止。孩子仰卧草地。

该走了。

我好累。

我知道。

他静坐着注视孩子。他们整整两天不曾进食,再多两天恐怕就要开始发虚。他登上河岸斜坡,绕过竖立的竹竿,探看大路。大路横跨空旷的郊野,形貌沉郁、黝黑,杳无人迹。郊野上有风吹刮地面的尘土。曾是丰饶的大地,而今了无生机,这是陌生的原野,城镇、流水都失却了名号。走吧,他说,我们得走了。

他俩睡得越来越多,已不止一次四肢大开在路中央醒来,活像车祸的受难者。死神给的睡眠。他坐起来探身寻枪。傍晚天色铅灰,他两肘倚靠推车把手站立,视线穿过田野,落在约莫一英里外的房舍上。是孩子先望见房屋在煤灰隐幕后若隐若现，如梦境般朦胧。他倚附推车，打量孩子。步行去大屋会耗点力气，若是沿途找地点藏推车，随身仅拎毛毯，天黑前或能到达，但来不及返回。

没有退路了，我们得过去看看。

我不想去。

好多天没吃东西了。

我不饿。

你是不饿，因为你快饿死了。

爸，我不想往那儿去。

我保证那里没人。

你怎么知道？

我就是知道。

那帮人可能在那里。

不会的，真的不要紧。

两人动身横穿田野，通身包裹毛毯，只带手枪和一瓶清水。农人最后耕犁过田地，土里还冒着一株株残茎，圆盘拖犁的轨迹由东向西还隐约可见。近日的雨量将土质泡得松软，他垂下眼盯着耕土，不久，停下脚步，拾起一个箭头状的物件，朝它吐口唾液，在裤缝上抹尽灰泥，递给孩子。白石英材质，形貌无瑕，似新造的物件。田里还有很多，他说，细看就能找到。随后他又找出两个，外加一颗灰火石及一枚硬币。钱币抑或纽扣，他拿拇指指甲刮擦币面上厚厚一层铜锈。是硬币。他取出小刀，小心翼翼地凿除锈面，币面刻的是西班牙文。他呼唤孩子，孩子步履艰辛在前头赶路，他环视灰暗的郊土与苍茫的天，抛下钱币，快步追赶。

他俩伫立屋前审视大屋。碎石车道曲折向南，前廊铺着砖，两层阶梯承接柱廊，屋后砖砌的房子或许曾是厨房，小房子后方另有原木屋。他抬步欲上台阶，孩子攥住他衣袖。

再等一下好吗？

好，可是天快黑了。

我知道。

好吧。

他们静坐阶梯上远望郊野。

屋里没人，男人说。

好。

还是害怕？

对。

不会有事的。

好。

两人步上阶梯，进入宽敞的铺砖廊道。门漆成黑色，被一块煤砖撑挡开来，背面积着不少干草、枯叶。孩子抓他的手：门怎么开了，爸爸？

开就开了，可能已经开着好几年了。说不定最后那批到访者把门撑开，运东西出去。

我们要不要等明天再进去？

进来吧，天黑前很快看一眼。要是附近安全，说不定可以生把火。

不会在屋里过夜吧？

不一定要在屋里过夜。

好。

喝点水。

好。

他由大衣侧袋拿出水瓶，扭开瓶盖，看孩子喝了一点，自己跟着喝一点，然后旋回瓶盖，牵着孩子的手走进魆黑的玄关。

天花板挑高,悬吊着进口水晶灯。楼梯间有一扇帕拉第奥风格的高窗,浅浅的窗型就着当日最后一抹天光映入楼梯井,投现在墙上。

我们没必要上楼吧,对不对?孩子轻声说。

不上楼。明天再说。

确定附近安全再说。

对。

好。

走入起居室,灰尘下垒出一块地毯的形状,家具罩着被单,墙面渍留的苍灰方框原应吊挂着画作。大厅另一头立着一架大钢琴。他俩的身形在房底薄透如水的窗玻璃上被裁割成碎影片片。他们入房,站定细听,其后逐房检查,好像一对多疑的买主,最终倚傍高窗停下,看大地渐暗。

厨房里有刀器、锅具与英式瓷器,打开一扇虚掩的门,便露出食品储藏室。地面铺着瓷砖,排排层架上放着几打夸脱装的密封罐。他走进房间,拿起一只罐子,吹落外层尘灰。齐整的队伍里分装着青豆与切片红椒,番茄,玉米,新品种马铃薯和秋葵。孩子注视着他,男人抹净瓶盖上的落尘,用拇指推拨密封口,钳得很紧。他将两个密封罐提到窗边,举高对着光摇晃,然后回看孩子。可能有毒,我们煮熟再吃,好不好?

不知道。

要不该怎么办?

你决定。

你我都要做决定。

你觉得没问题吗?

我觉得煮熟就没问题。

好吧,不过别人为什么不吃?

可能没人发现。路上看不见这幢房子。

我们就看见了。

是你看见的。

孩子检视罐子。

怎么样,男人问。

反正我们别无选择。

没错。天色更暗之前,我们先拾点柴火。

父子俩怀里抱满枯枝,登上屋后的阶梯,穿越厨房走入餐厅,将枝条一一折断，塞实壁炉。一点火，轻烟飞飘，回绕涂着漆的木梁，一路攀抵天花板，又盘桓降落。他用一本杂志扇着火苗，不多久，排烟管开始工作，火焰熊熊灼烧，映亮天花板、墙面以及附挂诸多玻璃切面的水晶灯。渐次黝黑的窗玻璃也被烈火照亮，映着孩子用毛毯包盖头脸的剪影，恰似童话里的侏儒自黑夜到临。孩子仿佛为光热所震惊；厅房中央，男人拉下盖在堂皇长桌上的被单，抖敞开来，在炉床前布置一方舒适的卧铺。他引孩子坐下，解开他的鞋，拉下缠裹他双脚的肮脏破布。都会没事的，他悄声说，一切都会没事。

他从橱柜抽屉里找到蜡烛，点上两根，利用蜡油立置吧台，外出捡拾更多柴火堆存壁炉边。孩子没有动过身子。厨房里锅器俱全，他擦净一只大锅，安置料理台，尝试扭开密封罐，但未能成功，于是拎起一瓶青豆、一罐马铃薯走向前门，借着罩在玻璃杯中的烛光，跪低身体，在大门和门框间侧过一只密封罐，用门板抵实，接着蹲坐玄关地板，一脚勾牢门板外缘，使门板靠牢瓶盖，再伸手扭转瓶身。隆起的瓶盖陷进木料中打转，嘎嘎地磨蚀着门板漆。他重新抓稳瓶身，把门抵靠得更紧，再次扭转，瓶盖卡实门板松滑一下，又止住不动。他用双手慢慢转动瓶身，然后从门框边收回罐子，取下密封环，放到地板上。扭开第二口罐子后，他起身，拎着两只瓶子回到厨房，另一只手握着盛蜡烛的玻璃杯，杯底烛火摇曳，不住噼啪作响。他试图凭拇指推落瓶盖，但是盖缘咬合过紧。是好现象，他心想。重把盖缘倚傍橱柜，握拳猛击罐顶，瓶盖才终于啪啦一声弹开、落地。他举起瓶身嗅闻，味道很鲜美，便将马铃薯、青豆倒进大锅，捧回餐厅，放在火上煮。

他俩拿着骨瓷碗缓缓进食，隔餐桌对坐，中央点着一段蜡烛。手枪像一件餐具搁放手边，渐渐暖和的大屋似乎从漫长冬眠里醒来，不断咯咯嘎嘎发出响声。孩子对着瓷碗打瞌睡，汤匙当啷滑落地面。男人站起来走近，抱他到炉边，放进被单，为他盖上毛毯。是夜醒来，他发现自己趴在桌边，头脸埋入交叠的双臂，因此猜测自己后来定又返回了桌边。屋内很冷，外面风声大作，窗玻璃沿框喀啦轻响。烛火熄了，炉火仅留余烬，他起身重燃炉火，之后在孩子身旁坐下，替他拉好毛毯，拨拢污秽的发丝。说不定他们在观望，他说，静待着死神也无能摧毁的东西，而若期望成空，他们便转身远离，自此不再返回。

孩子不想他上楼,他试着讲道理。楼上可能有毯子,他说,我们得上去看。

我不想你上去。

屋里没有人。

可能有人。

没有。如果有人,不是早该下来了?

也许他们害怕。

那我会告诉他们我俩不害人。

也许已经死了。

那就更不介意我们拿东西啦。听我说,不论楼上藏着什么,心里有数总比一无所知好。

为什么?

因为人都不喜欢惊喜。惊喜会吓人,谁想受惊吓?况且,楼上可能有我们需要的东西,得上去看看。

好吧。

好吧?你不争辩了?

反正你不会听我的。

我听。

没认真听。

屋里没人,已经很多年没人走动了。土里没脚印,没有翻动过的痕迹,壁炉里也没烧一件家具。这里还有食物。

是你自己说尘土不会留脚印,你说风一吹就散了。

我上楼了。

父子俩在大屋中过了四天,又吃又睡。他上楼又翻出几床毛毯,两人又拖过大把树枝堆在室内一角阴干。他找到一把老式的弓锯,还有一把自己过去用过、能把干树枝截成多段的钢丝锯。锯齿都生锈发钝,他盘坐炉火前,想用一柄鼠尾锉刀将锯缘磨利,可惜成效不彰。百码之外有条小溪,他在遍布残茬和烂泥的田野往返多趟,运来不少水,之后将水加热,在一楼尽头一间卧室的浴室盆浴里梳洗。他为两人理发,其后修刮自己的胡须。两人换上从顶层卧房搜出的衣物、毛毯,他拿小刀为孩子裁剪裤长,就壁炉安置舒适的睡铺,翻落的高脚层柜不仅用作床头板,亦有保温作用。其间,屋外落雨不休,他在大屋边角铺设的排水管下放了水桶,以便汇集从老旧的金属斜顶流下的雨水。夜里,他听雨点叮叮咚咚敲着顶层卧室,屋内处处传出滴漏的声音。

他俩巡视大屋旁的附属建筑，探寻一切可用的物件。他发现一部推车，拖出来摆正，仔细地转动车轮，检视车胎。橡胶胎纹磨平了，胎面还有几道裂缝，但应该不会漏气。他翻检旧箱子和工具堆，找出自行车打气筒，将输气管接上车胎气阀打气，气体却自轮圈周边散逸。他翻转轮圈，让孩子帮忙压实车胎，终于把气打满。旋开打气筒，放正推车，前前后后沿地面使劲推拉，最后放在屋外好让雨水冲刷干净。两天后他俩告别大屋，天也放晴。两人踏着烂泥小径，推车上装着新毛毯和闲置衣物裹护着的密封食品罐。他为自己寻着一双工作便鞋，孩子脚上穿着湛蓝的网球鞋，趾缝间也用碎布塞满，面罩亦是干净被单新剪。重抵柏油大路，他俩往回走一小段拾回购物车，路程不到一英里。沿途，孩子一手搭附取自大屋的推车，与他并肩而行。他说，我们做得不错，对不对爸爸？是的。

　　父子俩饮食无虞，但离行抵海岸，尚有一大段距离。他知道自己在向毫无理由承纳希望之处投注希望，明知世界日日趋向黑暗，却寄望沿海保有清明的日光。有一回，他在卖相机的商店搜得一个测光器，心想能够检测接连几月的天光，于是带在身边许久，相信终会找到合用的电池，却始终未曾如愿。深夜，每当从剧咳中醒来，他会坐直身体，一手抵着头，以对抗那黑暗，像墓穴中醒来的人，似童年记忆里所见为辟建高速公路而被掘棺移柩的野尸。野尸多来自霍乱疫病，暴死后堕入木箱，草率埋葬，而后尸箱腐烂、张敞，尸身侧卧暴现，腿骨上勾，抑或呈俯趴姿势。逝者双眼迸离眼窝，如锈绿的古旧铜板撒出钱柜，落在污秽蚀穿的箱底。

小镇杂货铺的墙上挂着鹿头标本，孩子站着盯视那标本许久。地面铺散着碎玻璃，他让孩子在门边等，自己穿工作鞋跋拨一地垃圾，但什么也没找到。店铺外有两座加油机，二人坐到水泥基台上，将一口铁罐吊着绳子深入地底油槽，提上来，把满罐子汽油倒进塑料罐，接着重复几回。他们给铁罐加上一小段铅管，以便沉落，父子俩蹲在油槽上方，犹如钩食蚂蚁的猩猩伏守蚁丘，花一小时终于将罐子填满。旋上密封盖，他们把油罐放在购物车底部，而后继续上路。

长日漫漫。大路烟尘弥漫，郊野开阔。夜晚，孩子坐在火旁，膝上散摆着片片地图。他记住小镇、河川的名字，天天量测旅程的进度。

饮食益发俭省，存粮所剩无几。孩子站立大路，握着地图。他俩凝神细听，然而一无所闻。他仍可遥望空旷郊野延展向东，同时这里的空气已有所不同。随着大路一个回弯，海湾终于在面前展露。他们止步伫立，取下外衣的兜帽，细听，任咸湿的海风吹动头发。眼前，苍灰的海岸浪卷迟缓，黯淡、铅灰，声音幽远，凄寂若一片陌异的汪洋，在无人知晓的国度兀自拍击陌异的海岸。滩涂的平地上半倾着一艘油轮，油轮背后是大海广阔冰冷，变化万千，如一缸起伏和缓的熔岩，少顷又似灰尘积聚起的苍灰飑线。他看着孩子，孩子神色落寞。抱歉不是蓝色，他说。没关系，孩子回答。

一个钟头以后，两人坐在海滩上，注视着地平线上的雾墙。脚跟插入沙地，看苍凉海水冲刷脚面。凄冷，荒寂，杳无飞鸟。他们把推车留在沙堆外的树蕨丛里，只拎毛毯披覆全身，坐在硕大漂流木的逆风侧，静处许久。海岸的低处，海风吹聚起一摊细碎骸骨，远处，成堆肋骨被海浪蚀白，可能是牛骨。岩面镶附着盐霜，海风大作，枯干的豆荚在沙滩奔跳后止息，旋又翻飞不止。

你觉得外海有没有船?

应该没有。

就算有,从船上也看不了太远。

嗯,应该是。

海的另一边有什么?

什么也没有。

一定有。

可能有个爸爸带孩子,两人坐在海边。

那还不错。

是啊,是不错。

他们也拿着火炬吗?

可能哦。嗯。

但我们不会知道。

嗯,不会知道。

所以要保持警醒。

对,要保持警醒。

这里可以待多久?

不晓得。快没东西吃了。

我知道。

你喜欢这里?

是啊。

我也是。

可以游泳吗?

游泳?

对。

你会冻死。

我知道。

海水很冷哦,比你想的还冷。

没关系。

我可不想下水救你。

你不想我去。

你可以去。

可你觉得去了不好。

不会,我觉得很好。

真的?

真的。

好。

他起身，任毛毯滑落沙地，接着褪掉大衣、脱了鞋，除下衣物，赤条条站着，蹦蹦跳跳搔抓身体，直奔海岸低处。如此白皙，脊骨凸结，肩胛骨刺利如刀，在苍白的肌肤下拉锯。就这么赤裸地跑跑蹬蹬，尖叫着，冲进缓慢翻腾的巨浪。

出水时，孩子浑身冻青了，牙齿咯咯打战。他步下海滩迎接，为他颤抖的身体卷覆毛毯，紧搂住他，直到孩子不再气喘吁吁。但一细看，孩子正默默哭泣。怎么了，他问。没事。告诉我。没事，真的没事。

黑暗中，两人靠着一段原木生火，吃秋葵、青豆和最后一份马铃薯罐头。果类食品老早吃尽了。他们静坐火畔啜茶，睡卧沙地，听海浪沿湾翻滚，潮起悠长激颤，旋复潮落。夜半，他起身离开栖处，披着毛毯直立海边。暗夜遮蔽视线，双唇沾染海盐滋味。等待，等待。滞钝的浪涛沿滩退却，翻腾的潮声漫淹海湾，而后消缩远去。他想象外海漂浮的幽灵船，帆幔残破、下垂，又联想洋底生物，譬如阴冷魆黑中有巨乌贼循海床伏进，往复穿梭似列车，眼瞳圆大有如杯盘。或许，漫覆的波涛之外，确有另一对父子在死灰的沙滩上行走,悬隔汪洋,披覆涩利烟尘就另一片海岸睡卧或站立,衣衫褴褛,茫然正对这同一轮淡薄白日。

记忆中,他也曾在一个夜晚醒来,因有螃蟹横爬锅底咯咯出声,锅里余留前夜残剩的牛骨。浮木已烧成焦黑的炭块,残弱的余火随海风阵阵闪动。盖覆繁星躺卧,看地平线尽是墨黑,他起身向前走,赤脚站立沙中,眺望苍白巨浪循海滨退却,其后翻涌、碎裂,又变回漆黑。踱回火畔,她仍沉睡着,他跪低身子抚顺她发丝,说,若他是造物主,也会如此安排这个世界,不做任何改变。

走回栖身处,孩子醒了,神色惊恐。孩子喊叫过,但音量不足以传入他的耳朵。男人伸手环抱住他,说,我听不见,因为浪声。他为营火添柴,拍扇火堆令火苗重新点燃,之后两人盖毛毯躺卧,看火焰随风舞动,而后沉沉入睡。

清晨,他重燃营火,两人望着海滩进食。海岸凄冷、阴湿,与北地海景相差无几。既无沙鸥,也无海鸟,烧焦的人工制品一无用处，或散落海滩，或随浪翻滚。父子俩将浮木聚成一堆，盖上防雨布，继续沿滩行走。我俩是海岸清道夫，他说。

什么意思？

就是在沿海游荡，从海水冲积的杂物里挑好东西的人。

什么好东西？

只要用得上，什么都可以。

你觉得我们找得到东西？

不知道啊。咱们看看。

那看看，孩子说。

他俩站上石砌的防波堤向南远望，石堆中，有滩灰白咸湿的虫液胶着、盘绕。远处铺延着绵长的海岸弧线，颜色苍灰如火山熔岩。风自水面吹近，微微播散着碘酒气味。景物如此，再无更多，连一丝海洋的气息也没有。石块表面残附着黑藓，两人跨越大石朝前移动，直至海岸尽头有漫伸入海的岬角断却去路，才步离海滨，沿着一径古道向上，穿越沙堆、草场，进入另一处低洼海岬。脚下，灰黑云雾飘飞入海，笼罩一弯岬地，一抹船影半卧在岬地背侧，任海浪洗刷。父子俩在枯干的草丛间蹲低观望。我们该怎么办？孩子问。

观察一下。

好冷。

我知道。我们往下挪一点,别蹲在风口。

他坐下,怀里抱着孩子,枯草轻轻在身上拍打。举目荒芜,一片残灰,杂草蔓生无尽。得在这儿坐多久,孩子问。

不会太久。

你觉得船上有人吗,爸爸?

应该没有。

应该都被倒出来了。

对,应该都倒出来了。有看到脚印吗?

没有。

我们再等一下。

我好冷。

两人沿着月牙形的海湾缓慢前行,双脚紧扣漂积海草覆盖下的坚实沙地。停步,衣袖随风轻柔飞摆。漂浮的玻璃制品蒙着暗灰外壳,周围散落海鸟残骨,浪潮汇流处密织大片海草,举目所及,海陆交界一线铺着百万鱼骸,犹如死亡的等斜褶皱。巨型盐渍坟冢。一无所是,一无所是。

203

海岬尽处到船体尚有近百英尺宽的海水流动。父子俩立定眺望大船：船身约六十英尺长，甲板上的设备几皆卸尽，斜没入水十至十二英尺深；船帆是双桅装置，但两柄桅杆都折断了，垂落甲板，水面上仅留几柄黄铜竖杆，和甲板外延围栏的几只立杆；此外，仅有船舵钢环自船尾驾驶舱位置露出水面。他转身细察远处海滩与沙丘，取手枪递给孩子，坐下解开鞋带。

你要做什么，爸爸？

我去看看。

我可以去吗？

不行，你在这等。

我想跟你去。

得有人把风。况且，水太深了。

我看得到你吗？

可以。我会随时关照你，确认你平安无事。

我想去。

他停下手，说，不行。我们要留个人看东西，不然衣服会被风吹走。

他把衣物堆在一起。天！的确很冷。他弯身在孩子额上一吻，别担心,他说,保持警惕。然后裸身蹚涉海水,稍稍立定水中拍洗身体,扬溅水花踏步向前,猛地探身入水。

他沿着钢铁船体泅泳至尽头,回身踢踏着海水,因受冻吁吁喘气。大船中段,弦弧围栏恰没入水面。他攀上船尾。船钢灰败,受潮盐刮蚀,船体镶镀的字迹受损,但犹堪辨认:希望之翼,特内里费岛[1]。两个用以悬挂救生艇的长柱已空无一物。他拽着围栏将自己拖上船,转身蹲在倾斜的木质甲板上,身体不住颤抖。几段织结的缆绳挂在螺丝扣眼上,金属设备沿甲板凿出长方形的洞,船板已被恐怖的外力冲净。他向孩子招手,孩子并不回应。

船舱盖顶微微向下凹陷,舱体一侧设有舷窗。他蹲下,擦了擦窗上的灰盐,朝里张望,但什么都看不见。试推低矮的柚木舱门,门已上锁。他挺起细瘦如柴的肩骨推撞,又回看四周,寻找工具撬动,浑身不住颤抖,牙齿咯咯作响。他想伸脚踢踹门板,又觉得此法并不高明。他伸手抱住另一只胳膊肘,又撞了一回,发觉门锁有些许松脱,尽管几不可闻。他持续推撞,

---

[1] 加那利群岛(Canary Islands)中面积最大的岛屿,是西班牙属地,坐落于非洲西北部的外海。

门框内缘现露裂隙，最后终于打开，他推开门，走下舱梯，步入舱房。

静滞的污水积在低处的舱墙边，泡满湿报纸与垃圾。舱内一切都散发出酸骚味，又潮又黏。他以为大船是被人洗劫一空，但其实是海。舱厅中央摆着桃木大桌，桌缘镶附餐具挡板；置物柜门朝舱室甩晃大开，黄铜器具无不蒙上暗绿的锈渍。他穿越廊道走向前端舱室，室内面粉、咖啡散了一地，罐头的包装有凹洞，出现锈蚀。盥洗室里有不锈钢马桶和水槽。海上幽微的天光穿透高高的舷窗洒落，齿轮盘随处散置，救生背心在渗漏进舱室的海水里漂浮。

他有点期待遭遇些许骇人情况，结果并未发生。舱室里，床垫掷于地面，寝具、衣物倚墙堆叠，所有器物都浸湿了。开敞的门导向船头的储物柜，可惜舱室过暗，辨不清柜中藏货。他低头进门，伸手摸索：是一些用链子连着木盖的深口罐，地板上堆着一副过驳装置。他拖出舱底积货，堆在倾斜的床板上。毛毯，抗风遮雨的特制外衣。他拾起一卷湿毛衫，披过头顶，又找来一双黄皮橡胶靴，一件尼龙夹克。他套上夹克，拉好拉链，由防水衣物中挑一条硬挺的黄皮裤穿上，肩上挂好吊裤带，踏进雨靴。走回甲板，孩子以不变的姿势原地坐着注视大船，突地惊惶起身，男人才想起簇新的打扮使孩子辨不出他。是我，他扬声大喊，孩子只静静站立。他对孩子招手，又步入船舱。

第二间卧舱的铺位下，有几口抽屉滞留原位，抬起拖开，箱底塞着西班牙文手册与文件、几方香皂、一只覆着霉的黑色皮质旅行袋，里面同样装着文件。他取香皂放入外衣口袋，站定。卧铺上散落着西文图书，已受潮变形，仅留一本在前端舱墙的架子上。

又找出一只涂着胶的防水帆布袋。他踩着雨靴搜寻船内其他空间，身体贴附斜倾的舱壁，黄皮防水裤遇冷嚓嚓作响。他拣零星衣物塞填帆布袋，其中有双女用球鞋，给孩子穿可能正合脚。还有一只木柄折叠刀，一副太阳眼镜。他的搜索程序并不符合常理，像企图寻回失物，却径往最无可能寻获的地点查看。最后，他走入廊道，开启火炉，又关上。

他打开门栓，抬起舱门，进入引擎室。室内泰半积水，一片漆黑，但丝毫没有油气味或煤气味。他重新关上门。驾驶舱椅凳带储柜，以安置坐垫、帆布和钓具。他由船舵柜板背后的藏柜翻出几圈尼龙绳、几瓶油气钢罐，一口玻璃纤维工具箱，接着坐在地上审视工具：铁钳、螺丝起子、扳手，全生了锈，但还堪用。盖上工具箱、拴回卡榫，他起身找孩子。孩子蜷卧沙堆睡去，头枕靠着衣物堆。

他提着工具箱和一瓶油气走回廊道，最后一回巡视卧舱，其后一一检视舱室大厅的储物柜，翻阅塑料盒中的资料夹与文件，寄望找出大船的航行日志，却搜出一组瓷器，包在装填着细木屑的板条箱里。是一套八人餐具，印有大船名号，多数器件都碎裂了。原该是份赠礼，他拣出一只茶杯在掌中翻转，又摆回去。最后现身的，是一口四角榫接的橡木方盒，盒盖镶黄铜薄板；乍看似保湿盒，然而形体有异。他拾起方盒，掂量盒身重量，便明白了它的用处。他卸下锈蚀的榫栓，翻开盒子，盒底静卧着一只黄铜六分仪，怕有百年历史。他拾起仪筒握在手心，因其精美而感到震撼：黄铜筒身颜色晦暗，带着斑斑绿痕，印现了之前曾握住它的那只手的痕迹，此外一切完美。他抹去盒底托板上的锈斑：赫赞尼斯，伦敦。举起仪筒凑到眼前，手指推拨轮轴，许久以来第一次感到心绪澎湃。把弄一阵，他将仪筒放回盒内蓝呢衬里上，盖回盒盖，扣好榫栓，重新放进储柜，关闭柜门。

再回甲板查看孩子，孩子已不见人影。片刻惊慌，才见他单手甩晃着手枪，正沿滩底的一块平地行走。他松了口气。静立着，察觉船身在漂浮摇晃，虽只细微。涨潮了，浪涛拍打着防波岩。他转身再度走入船舱。

他用手幅测量柜子里拿出来的两卷尼龙绳，绳圈直径乘以三，再数了绳圈数，便知有五十英尺长。在暗灰的柚木甲板上挑了根木柱，挂上绳圈，走入船舱。搜来的物资铺在桌上。廊道远端的储物柜摆几口塑料水壶，仅一壶存水。他拾起一口空壶，明白是胶罐迸裂了，水才渗漏出去，猜想大船盲目漂游的时候存水或曾结冻，也许不止一次。他拿起半满的壶放在桌边，扭开壶盖嗅闻，双手捧壶长饮一口，其后又一口。

散落廊道地面的罐头似乎已全无用处。储柜里，有几个罐头的罐面严重锈蚀，还有几个形貌诡异，撑胀如球茎。罐外标签都脱落了，改以黑色马克笔在罐面标写品名。是西班牙语，有一些看不懂。他一罐罐检审，握在手里摇晃、挤压，然后堆在廊道冰箱边的柜台上。他相信船内定有板条箱屯藏的食品，但不信存货仍安全可食。无论如何，反正购物车容量有限。突然，他觉悟自己处置眼下收获的方式仿佛一切理当如此，然而思虑与从前并无不同：他仍坚信无可能交遇好运，深夜倒卧魆黑之中，少有几回能不衷心艳羡亡灵。

他找到一瓶橄榄油、几壶牛奶、些许封装在锈蚀铁盒里的茶叶、一口塑料容器里的不知名粉末、半罐咖啡。他有条不紊地检视储柜层板，将物资分为可携走和不要的。待将可用物集聚舱厅，沿舱梯堆放，他走回廊道打开工具箱，着手自箍平的小火炉拆卸炉口。先松解镶结炉口的弹性绳，再移开铝制炉架，仅捡一枚收入外衣口袋。用扳手拧松黄铜接榫，卸下一双相连的炉口，解开钩扣，在炉具结附的导管上装系软管，接上油气瓶，捧入舱厅。最后，他取塑料防雨布卷起几瓶果汁、几盅蔬果罐头，用软绳系紧，脱下外衣，堆在搜聚的物资之间，裸身走上甲板，将用防雨布卷起的包裹滑落护栏，自己荡越帆船侧板，坠入苍灰、冰凉的大海。

趁着最后一抹天光，他踏水上岸，甩落包裹，擦净上臂和胸口的海水走向衣物堆。孩子跟在身后，不住追问他的肩伤——因为冲撞舱门，他的肩头因为瘀伤而变色。不要紧，他说，不痛。我找到很多东西喔，等着看吧。

父子俩背着天光匆匆奔越沙滩。船被冲走怎么办，孩子说。

不会被冲走。

可能会。

不会。快来，你饿了吧？

嗯。

今晚可以吃得很丰盛，但得走快一点。

我在赶啦，爸爸。

可能会下雨。

你怎么知道？

闻得出来。

你闻到什么？

湿灰尘。快来。

说完他停步，说，枪呢？

孩子僵立不动，神色惊恐。

上帝啊，男人说。他回看海滩，大船已落在视线之外。他望向孩子，孩子双手盖头，几乎哭出来。对不起，他说，真的很对不起。

他放下防雨布包着的罐头，说，得回去找。

爸爸，对不起。

没关系，找得到。

孩子垂丧肩头站着，已经开始啜泣，男人蹲下环抱他，说，不要紧，是我该确认我们没漏掉枪，但我没做到，是我忘记了。

对不起，爸爸。

走吧，没问题的，不会有事。

手枪还在原处，埋在沙里。男人拾起枪甩甩，坐下退出弹膛的撞针交给孩子，说，你拿着。

没坏吧，爸爸？

当然没坏。

他让弹膛落入掌中，吹开膛上积沙，再递给孩子，继续吹通枪管和枪身，才由孩子手中取回零件组装。他将击锤向后扣扳又回推，然后再次扣扳，调校弹膛至装填真弹的位置，推回击锤，将枪收入大衣口袋，起身，说，好了，我们走吧。

赶得上天黑前吗?

不晓得。

赶不上,对不对?

走吧,我们走快一点。

的确没能赶得及,他俩才踏上岬角,夜色已全然遮住视线。两人站立海风中,为窸窣摇曳的干草环绕。孩子紧攥住他的手。得继续走,男人说,来。

我看不见。

我知道,我们一步一步慢慢走。

好。

别放手。

好。

发生什么事都不能放手。

发生什么事都不放手。

魆黑致密无瑕,两人继续行进,目盲若瞽。盐化的荒原上没有障碍物,但他仍一只手臂朝前探伸,潮声远退,他凭风向辨识方位。一小时跟跟跄跄,终于摆脱近海草场,步入海滩高处的干燥地带。风更冰凉了。他让孩子附靠他走在逆风侧,突然,身前的海滨景致在黑暗中颤抖,旋又消散不见。

怎么回事,爸爸?

不要紧,是闪电。快走。

把防雨包裹扛上肩,牵着孩子的手继续往前,沙地中如游街老马蹭蹭踏踏,注意不被漂流木或冲积物绊倒。佛异的灰光又临沙滩绽亮。远方响起为魃黑所压抑的一声闷雷。我好像看见咱们的脚印了,他说。

所以方向没错。

嗯,没有错。

爸,我好冷。

我知道。快祈求再来一道闪电。

继续向前走。闪光再现,他见孩子弓身喃喃自语。他搜索两人沿滩踏留的足迹,然而一无所获。风吹得更疾了,他警惕着落雨。暗夜困陷沙滩又遭风雨侵袭,后果不堪设想。他们侧脸避风,扣紧大衣帽兜。狂沙窣窣擦着腿脚,旋又循黑夜快速翻远。雷声临岸爆裂。大雨终自海面迫临,偏斜、猛利的雨点刺在两人脸上,他拉过孩子贴着自己身体。

大雨滂沱，他俩在雨中静立不动。究竟走了多远？他等待闪电，但闪电频率渐减。眩亮一回，再一回，他明白风雨已刷净他俩的足迹。他们在海滩高处的沙地中跌跌撞撞，祈盼突遇稍早傍附设营的巨大漂流木。不多久，连闪光亦不复见。然而风向一转，他听见远处啪哒啪哒传来幽微响声，于是止步。你听，他说。

什么？

仔细听。

我没听见声音。

过来。

爸，你听到什么？

塑料布，雨点落上塑料布的声音。

依旧向前。沿海踩踏沙子和垃圾，跌跌绊绊——防雨棚突然出现在两人面前。他跪落沙地、卸下包裹，四下摸索稳实塑料布的岩石，一一拨入棚下，其后扬起防雨布盖住两人身躯，拿岩块压住雨棚内缘，为孩子脱去湿大衣，用毛毯裹住身体。大雨隔着防雨布不断落击。他剥掉外衣，搂紧孩子，不久，两人沉沉睡去。

深夜雨歇，他醒后仰躺细听。狂风一止，潮水重重冲拍、落击。就第一道幽微晨光起身，他向滩外走去。风雨在海岸上留下大片垃圾，他沿海巡走，寻找可用的。防波堤对侧的浅滩有陈年尸体随漂流木起伏晃荡，他想隐蔽这景象不给孩子看见，但孩子说的对，还有什么需要遮掩的？走回营地，孩子醒了，静坐沙间望着他，浑身裹覆毛毯，湿大衣就枯草摊晾。他走近安顿孩子，两人坐着，看防波岩外浮动起落的铅灰大海。

两人耗费大半个上午来回大船卸货。他生起一团火，赤身裸体涉水上岸，哆哆嗦嗦抛下缆绳，近附火光取暖，孩子在起落迟滞的波浪中拽住帆布袋，费力拖拉入岸。他们清空帆布袋，在烧热的沙滩上就篝火铺散衣物、毛毯。物资多过他俩所能载负，他想沿海驻留，尽量换取几日饱餐，但周遭形势不稳，可能要冒险。当夜，两人倒卧海沙，烧火避寒，身旁环散各式家当。剧咳令他醒来，起身喝口水，往火里添增木柴。硕大的整块木料扬激连串的火花，裹着盐的柴薪燃得橙红带蓝。他坐下盯着火堆许久，其后踩上沙滩，修长倒影落在身前，随飘穿过火的海风左右摇曳。一咳再咳，他屈身撑扶双膝，唇齿间有鲜血气味。

暗夜中，海浪缓缓漫近、翻涌，他回想自己生命的进程，竟无事可追忆，片刻之后，走回营地，自旅袋掏出一个桃罐头，剔开瓶盖，蹲坐火畔拿汤匙慢慢捞食。孩子犹睡着。火光顺风飘摇，火星沿沙翻跑。他把空罐夹在两脚中间，对自己说：日日皆谎言。而你将死，这是事实。

父子俩取塑料布、毛毯捆束新物资，带着穿过海滩，填入购物车。孩子拎提的分量过多，他趁暂歇拨一点放进自己的背囊。风雨略略移动了大船位置，他凝步望着船身，孩子看着他。你想回船上去吗，孩子问。

对，再看最后一眼。

我有点害怕。

不会有事，保持警惕就没问题。

东西多到载不动了。

我知道，我只想再看一眼。

好吧。

他彻底巡察大船。暂停片刻，仔细思考。他套着橡胶雨靴默坐在舱厅地板，双脚抵在桌子基座。天色渐暗，他竭力回忆过往对船舰的认识。起身踱回甲板，见孩子静坐火旁，他步入驾驶舱，背倚舱墙坐上凳子，双脚搁在几乎与视线同高的甲板上。他穿运动衫，外罩防水衣，丝毫不保暖，因而颤抖不停。他盯着另一侧舱墙上的几颗螺栓很久，于是起身：共有四个，是不锈钢的。凳子曾盖着椅垫，他看到凳角还挂着撕裂的绳结。舱墙中段的底侧露出一段尼龙绳，绳头约略翻折，用十字针缝缀，恰恰挂在对侧椅凳的上缘。细检螺栓，俱是简附把手的旋钮装置。他起身跪到凳旁，将螺栓一一向左旋松，四柄栓扣都附带弹簧。解下螺栓后，他拉住墙板下沿的绳带一扯，墙板随即滑落，正对着甲板底舱的墙内空间，里面有几捆帆布，一只卷起的、用橡皮绳抽系的橡胶软垫，应是双人救生艇，还有一对小型塑料船桨，一盒闪光弹。杂物背后立着一个复合工具箱，顶盖气孔用黑色绝缘胶带密封。他拉出工具箱，找出封接处，一把剥尽胶带，拨松铬黄的接扣，开启顶盖。箱底有一柄黄色塑料手电筒，一把装着干电池的闪光信号灯，急救箱，塑料做的鲜黄色紧急定位电波发射器，一方书本大小的黑色塑料盒。他拿起塑料盒，卸下盒栓，翻开盒盖，里头是把古旧的三十七厘米的黄铜闪光弹枪。他拿双手取枪把玩，细看，拨降推杆，退出枪膛，膛内净空，但另有一截短小簇新的塑料罐装着八颗子弹。他把枪收回塑料盒，重新闭上盒盖，扣上盒栓。

踏水上岸，他又打哆嗦又咳嗽，将大船取来的方盒摆在身边，取毛毯包覆身体，正对篝火栖坐在和暖的沙地上。孩子蹲下，欲举双臂环抱他，他露出一抹笑意。你找到什么了，爸爸，孩子问。

急救箱，跟闪光弹枪。

那是什么东西？

待会儿给你看。发射信号用的。

你回船上就是要找它？

对。

你怎知船上有这个东西？

嗯，我希望船上有这东西。其实是碰运气。

他打开塑料盒，转过去给孩子看。

是枪啊。

闪光弹枪。子弹射入空中炸成一团大火。

我能看看吗？

当然可以。

孩子从盒里拿起火枪握在手上，说，可以拿来射人吗？

可以。

会把人射死吗?

不会,不过可以让人着火。

这是你去找它的原因?

对。

毕竟我们没有发送信号的对象,对吧?

对。

我想看。

你说发射火枪?

对。

可以。

真的?

是的。

天黑以后?

对,天黑以后。

会像庆典一样。

没错,像庆典。

今晚就可以吗?

好啊。

枪里有子弹?

还没有,晚点可以装。

孩子抚枪站立,举枪口瞄向大海。哇呜,他说。

着装完毕,他俩拎着最后一批搜出的货物走过沙滩。爸,你觉得人都到哪儿去了?

船上的人?

对。

不知道。

你觉得他们死了吗?

我不知道。

命运之神不太眷顾他们吧?

男人发笑:你说"命运之神不太眷顾他们"?

对啊,是不是这样?

嗯,应该是。

我觉得他们全死了。

有可能。

我觉得事情就是这样。

说不定还活在某个地方啊,男人说,不是没有可能。孩子不语。两人继续行走,因双脚裹着帆布,外层加捆防雨料裁成的深蓝塑料软鞋，来去之间遗留的足迹形状怪异。他思及孩子和他心中的顾虑，过了一会儿，说：或许你说的对，我想他们应该都死了。

如果还活着，我们就是偷人东西。

但是我们没有偷东西。

我明白。

好。

你觉得活人有多少？

你说全世界？

嗯，全世界。

不知道。我们停一下。

好。

我快被你累坏了。

好吧。

两人落座包裹间。

爸，我们可以在这待多久？

你问过了。

我知道啊。

看看吧。

意思是不会太久。

可能不会太久。

孩子用手指在沙滩上戳出一个个圆洞,整整围成一圈。男人注视着他,说,我不知道世上还有多少人,我想不会太多。

我知道。孩子勾紧肩头的毛毯,远眺灰蒙苍凉的沙滩。

怎么啦,男人问。

没什么。

不行,快跟我说。

别的地方可能还有人。

什么地方?

不晓得,哪里都有可能。

你说地球以外的地方?

对。

不太可能,人在别的地方无法生存。

就算到得了也没用?

对。

孩子挪开视线。

怎么了?男人说。

他摇摇头,说,我不懂我们在做什么。

男人张口欲语,然而无话可答。片刻之后,他说,世上有人,我们终会遇见,到时你就明白了。

他准备晚餐,孩子在沙地上玩,拿压平的空罐做沙铲,造出一座小村庄,街巷掘画成棋盘状。男人走近伏身探看,孩子抬头:会被海浪冲走,对不对?

对。

没关系。

会写字母吗?

会。

都没给你上课。

就是啊。

能不能在沙上写几个字?

要是我们给别的好人写信,他们走过就会知道我们存在。写在海拍不到的地方。

坏人看见怎么办?

对哦。

我不该那么说。我们也可以给他们写封信。

孩子摇头。没关系的,他说。

他为火枪装填子弹，天一黑，父子俩远离篝火走向靠近水面的沙滩。他问孩子想不想自己开枪射击。

你射吧，爸爸，你比较会操作。

好。

他把子弹上膛，枪口瞄向海湾，扣下扳机，光弹长啸一声，衬着暗夜画出一道弧线，临挂水面爆绽一朵围附暗影的火花，须须镁光映着黑夜缓缓降落，眩光中，苍凉的近海波涛升涌，复渐退却。他俯看孩子仰高的小脸。

太远就看不见了，对不对爸爸？

你说谁？

不管是谁。

对，太远就不行。

要是你想别人知道你在哪里呢？

你说好人？

嗯，或其他你想联络的人。

比方谁呢？

不知道。

神吗？

对啊，类似这样的人。

清早，孩子犹在梦中，他生了火，在沙滩巡走，未走太久就直觉不安，回头看见孩子独自裹着毛毯伫立海滨。他加快脚步，才走近，孩子瘫坐下来。

怎么了，你怎么啦？

爸，我不舒服。

他伸手按在孩子前额，浑身发热。他抱孩子回到火边，说，不要紧，会好的。

我要病了。

没关系。

他陪孩子坐在沙滩上，孩子弯身狂呕，他伸手扶挡孩子额头，为其抹净嘴唇。对不起，孩子说。没事，没做错事不需要道歉。

他带孩子回营地，给他盖上毛毯，让他喝点水，往火里添了木柴，然后在他身边跪坐，一手盖着他额头。不会有事的，他说。孩子万般惊恐。

你不要走喔，孩子说。

当然不会走。

离开一下都不行。

不会,我哪儿都不去。

好。那就好,爸爸。

他整晚抱着孩子,瞌睡,旋即惊醒,反复探测孩子心跳。天亮了,病况毫无起色。他想喂孩子喝点果汁,但他不肯喝。他拿手心压抵孩子前额,祈求一丝清凉,亦未可得。孩子昏睡着,他为孩子擦抹苍白的唇,兀自喃喃低语:我会履行承诺,无论如何一定履行承诺,绝不让你独自就赴幽冥。

他翻检取自大船的急救箱,内容几无可用:阿司匹林,绷带,消毒水,还有几片抗生素,可惜保质期极短。然而眼下一切便是所有,他只能喂孩子喝水,放一片药丸在他舌尖。孩子浑身大汗。他早为他挪开毛毯,而今又继续褪去外套、便衣,甚至带他远离篝火。孩子抬眼望着他,说冷。

我知道,但你体温很高,要想办法退烧。

可以给我毛毯吗?

当然可以。

不要走开。

不会，我不走开。

拎孩子的脏衣服到浪里漂洗，腰下裸裎，浸在冰冷海水中发抖。衣物顺海潮上下拨搅，拧干了，傍着火摊挂上木条，斜撑在沙上。他往火里堆送木柴，回到孩子身边坐下，轻抚他纠结的乱发。入夜，他打开一个汤罐头搁进炭火，进餐同时注视夜幕升起。他醒来，发现自己倒在沙地里直打哆嗦。火堆几乎只剩残烬，夜色墨黑。他慌乱起身，四下摸索孩子。还好，他低声自语，还好。

重燃营火后，他拿一方碎布浸湿，敷在孩子前额。灰寒的清晨渐渐降临，待天色足亮，他走入沙堆外的树林，拖回一车的断木枯枝，劈折、整理后堆在火旁。他捡一只杯子，在杯底碾碎阿司匹林，把药融进水里，再加点糖，坐下扶起孩子的头，替他端着杯子好让他喝。

他沿海步行，身体虚弱，不住干咳，有时停步注视着魆黑的浪潮汹涌，因疲累而脚步蹒跚。回到营地坐到孩子身边，他翻整碎布先为孩子抹脸，而后再把碎布敷上他的额头。不要走远，他说,动作要快,才好和他一起。抱紧他。在这地球的最后一日。

孩子终日昏睡,他不时摇醒他,喂他喝糖水。孩子干锁的喉头咕噜噜抽动。不喝不行,他说。好,孩子气若游丝。他把空杯扎进身旁的沙堆,取卷好的毯子垫高孩子汗湿的头,拿毛毯裹住他的身体。冷吗?他问。但孩子已入睡。

他试图彻夜保持清醒,但无法坚持。他多次醒来,坐直身子,掌掴自己,或起身往火里添木柴。他怀抱孩子,倾耳听他费力呼吸,一手抚靠他瘦突若梯的胸骨。他走入沙滩,踱出火光范围,伫立着,双手握拳压在头顶,而后双膝跪地,愤怒地抽噎。

夜里短暂降雨,水滴轻拍防雨棚。他将塑料布拖近盖住身体,侧卧抱着孩子,穿透防雨布看着外面淡蓝的火焰,沉入无梦的睡眠。

再醒来几乎不知自己身在何处。营火熄了,雨也停歇,他翻开防雨布,用双肘撑起上半身。天光灰蒙。孩子注视着他。爸爸,他说。

是,我在。

我可以喝水吗?

可以啊,当然可以。感觉怎么样?

怪怪的。

饿吗?

觉得好渴。

我拿水。

他推落毛毯起身,起步跛过营火余烬去拿孩子的水杯,从塑料水罐倒出一整杯水,回到孩子身边,帮他扶着杯子,说,你快好了。孩子喝了水,点点头,望向父亲,饮尽杯底剩水,又说,再来一点。

他生了火,撑起孩子的湿衣裳,递给他一罐苹果汁。记得什么?他问。

哪件事?

生病。

我记得我们发射火枪。

记不记得去船上卸货?

孩子坐着饮果汁,随后抬起头,说,我又不笨。

我知道。

做了很奇怪的梦。

梦到什么?

我不想告诉你。

没关系。我想你该刷刷牙。

拿真正的牙膏刷。

没错。

好。

他检视所有罐装食品,没找出可疑的东西,决定扔弃其中铁锈较多的几瓶。当晚,两人傍火静坐,孩子喝着热汤,男人推转木杆,杆上晾烤的衣物冒出热气。他长久的凝视令孩子发窘,孩子说,别一直盯着我看啊,爸爸。

好。

然而他没有停止凝视。

之后的两天,他俩沿海滩步行至尽头岬角,又转返,一路穿着塑料软鞋,举步维艰。每一餐都吃得丰盛。他拿帆布、缆绳、木杆架将顶棚斜置以挡风。两人弃减存货,方便推车承载。他计划两天后启程。然而当日向晚，踱回营地，沙上竟出现靴印。他立定俯望海岸。上帝，他说，上帝啊。

怎么回事，爸爸？

他从腰间掏出枪，说：过来，快点过来。

防雨布消失了，毛毯、水罐、暂留营地的存粮亦不翼而飞，帆布散落沙堆，鞋也不见了。他冲入湿地草场，找到藏匿购物车的地方，同样不见推车踪影。什么都没了。蠢货，他说，你这个蠢货。

孩子站在一旁，睁圆了双眼：怎么回事啊，爸爸？

东西全被偷走了，快来。

孩子抬眼看着他，开始啜泣。

跟着我，男人说，好好跟着我。

他发现推车轨迹印在松软的沙地上，近旁跟着靴印。会有几个人？痕迹在树荫外的硬实地面上消失了，之后又重新出现。刚靠近大路，他伸手拦住孩子。海风连连刮吹，路面只剩几片零星沙斑，几乎不见尘屑。路面不能踩，他说，你也不许再哭，我们把脚上的沙抖干净，过来坐下。

他松脱缠脚布，甩净重又捆住双脚。你来帮我，他说，我们来找沙，落在路上的沙，就算只有一点点也得找出来，才知道他们往哪个方向去，可以吗？

好。

他俩背对背，沿着相反方向细细搜索柏油路面，不多久，孩子大喊：爸，来看这里，他们往这个方向去了。他赶过来，孩子蹲在路上，说，看这里。约莫半汤匙海沙由购物车底板斜落在路面。男人起身，向路前方远望。很好，他说，我们走吧。

两人小跑上路，他以为自己能负荷这样的行进速度，却力不从心。他停步，俯身剧咳，抬眼看着孩子，气喘吁吁。我们慢慢走，他说，要不他们听见脚步声会先躲到一边。来。

爸，他们有几个人？

不知道，说不定只有一个。

要杀掉他们吗？

我不知道。

他俩继续行进。暮色四合，他们深入幽长的晦夜行进了一小时，才追上偷车贼。那人倾身附靠满载的购物车，在前方路上摇摇摆摆。他回头瞥见父子俩，试图推车逃跑，然而心思枉费，最后停住步伐，手握屠刀立在推车后方。见来者持枪，他向后跨步，并未放下刀。

离开购物车，男人说。

他盯着两人，随后望向孩子。应是擅离公社的亡命之徒，他的右手手指全截断了，活似肉身刀铲。他把右手隐在身后。因为想把所有物资盗走，购物车堆得又高又满。

离开购物车。刀放下。

他左右张望，仿佛在期待帮手现身，形貌枯瘦、沉郁、龌龊，满面胡茬儿，破旧塑料外衣拿胶带缀补着。他可以直接扣动扳机，却还是只扳了击锤。喀啦喀啦，两声，咸湿荒原一片沉默，仅止三人吐纳有声。褴褛衣衫间，窃贼体臭四散。男人开口：你再不放下刀离开购物车，我就轰掉你脑袋。贼人注视着孩子，自知事态严重，于是将刀撂在毛毯上，倒退着远离推车，然后立定不动。

再退。

他又后退几步。

爸，孩子张口。

不要说话。

他紧盯着贼。天杀的,他说。

爸,不要杀他。

窃贼眼珠疯狂转动。孩子涕泪交零。

老兄你别这样,我都依你了。你就听听孩子的话。

脱衣服。

什么?

把衣服脱了,一件也不准剩。

别这样,老兄。

我现在就可以把你打死。

别这样,老兄。

我不想再说一遍。

好吧,好吧。你别激动。

他慢慢褪去衣裳,将一团肮脏的破布堆到路上。

鞋子。

别这样吧,老兄。

我说鞋子。

窃贼看着孩子,孩子早背转过身,抬手掩着双耳。好吧,他说,好吧。之后,他周身赤裸踞坐路面,着手解绑脚板那几张朽烂的皮革。然后他站起身,将它们用一只手抓着。

放在推车上。

贼踏步向前,将鞋堆到毛毯上,又倒退着离开。赤条条站着,又脏又饿,双手掩蔽身体,已然颤抖不止。

衣服也放上去。

他弯身抱起那堆破布,堆到鞋顶。他站着,双手抚抱身体,说,别这样,老兄。

你对人赶尽杀绝时倒不介意。

我求求你。

爸,孩子说。

你别这样;听孩子的。

是你想置我们于死地。

我饿坏了。换了是你也会这样做。

你把所有东西全带走了。

拜托老兄,这么下去我会冻死。

我是以其人之道还治其人之身。

别这样,算我求求你。

他倒拉着推车掉头,手枪搁在车顶,然后盯着孩子。走吧,他说。两人顺着大路向南,孩子一路哭泣,不停回头看向身后那具躯体,纸板一般正两手抱覆体表不住打战。爸,他抽抽搭搭。

别哭了。

我停不下来。

想想我们没追上他会怎样。不要再哭了。

我在尽力控制自己。

他俩走向大路转弯处,贼犹伫立原地,或因无处可去。孩子不断回头,直到窃贼全然消失于视线,才停下脚步,倒坐路面哭泣。男人停步看他,自推车扒出鞋子,坐下为孩子脱去缠脚布。你别再哭了,他说。

我没办法。

他给两人穿好鞋,起身顺着大路往回走,已不见贼的踪影。他踱回孩子身边,说,他不见了,我们走吧。

不是不见了,孩子说,同时抬起双眼,脸上覆盖着条条灰土。他不是不见。

你想怎么做?

帮帮他,爸爸,我们帮帮他。

男人回看大路。

爸,他是饿了才这样,我们走掉他会死。

他反正要死。

他很害怕，爸爸。

男人蹲下看着孩子：我也怕，你懂吗？我也很怕。

孩子无话，静静坐着低头啜泣。

不是你的事，你不必凡事操心。

孩子回了嘴，但他没听清。你说什么？他问。

孩子抬头，小脸又湿又脏：就是我的事，我一定要管。

父子俩调转推车，摇摇晃晃回巡大路，迎着寒冷与渐渐落聚的黑暗呐喊，无人回应。

爸，他不敢出声。

我们刚刚是停在这里吗？

不晓得。好像是。

他们沿路对着空阔的夜色呼喊，喊声飞散于逐渐昏黑的海岸，然后停步，双手围着嘴唇，朝荒野狂乱地召唤。最后，他将贼的衣物堆放路面，顶上压住石块。该走了，他说，我们得走了。

他俩就地扎营，并不生火。他选了几瓶罐头做饭，旋开煤气炉烘烤铁罐。进餐时,孩子不言不语。男人借着青蓝的炉火凝视他脸庞,说,我不是要杀他。孩子不回话。食毕,两人裹着毛毯,在暗夜中躺卧。他听见潮声,或许只是风啸。细听孩子呼吸,便知他犹未入睡。片刻之后,孩子说:但我们还是杀了他呀。

清晨吃过早餐上路。推车超载过度,不易推挪,一只车轮也因此损坏。大路沿海岸曲折,人行道蔓生湿地干草,铅灰大海辽远起落,四下俱寂。当夜醒来,桂月蒙上郁暗天色,划越天际,晦白月光点亮树影。他侧身剧咳,空中散发出阴雨气息。孩子醒来,他说:你不要不跟我说话。

我尽力。

抱歉吵醒你。

没有关系。

他起身踱向大路,幽黑路影自一片黑暗向另一片黑暗无尽延伸。远处低鸣的隆隆作响并非雷声,震荡可凭脚底感知。其无类属,是亦无以名状。魆黑中,莫名情物流转,大地恰与冷酷合盟。低响不再出现。眼下何年?孩子几岁?他踏上路面,停下,四下阒静,世间灵气已竭。城市浸浴洪水,轮廓蒙覆着灰土，水面以上的部分俱尽焚毁。道路交汇处石林错落，先知骨卦遍地腐朽。万籁俱静，除却风吟。将有何事可说？这岂是生灵的语言？要取笔刀削尖鹅毛，以刺李汁或灯灰刻写这一切？在可测算、能记述的时分？他将夺取我的眼，他将以尘灰封我的口舌。

再次逐一检视罐装食品，将瓶罐在手中拧挤，像检验果摊蔬食是否熟透。拣出两瓶不尽可靠的，其余填入推车，两人再度上路。三天后走入临港小镇，将购物车藏在一座平房后的车库，车外堆上旧纸箱。两人踞坐屋内，静待来人造访，却杳无人影。他检视橱柜，柜内空无一物。他需找到维生素D，怕孩子得佝偻病。站在水槽旁，目光顺着车道向外展望。浊如洗涤水的天光在肮脏的玻璃窗格上积落。孩子颓然倒坐桌边，脑袋埋进臂弯。

他俩穿越小镇，走下码头，沿途亦无人踪。他的手在外衣口袋里握紧火枪。走上码头，粗糙木质铺板以长钉与板底木梁相接，板面被焦油染黑，旁边有木缆桩。自海湾飘入的盐混着木馏油[1]的淡淡气味。对岸仓房排立,一艘油轮的轮廓因锈蚀而泛红,高耸的起重机映衬着晦暗的天际。这里没人,他说。孩子没有应声。

父子俩推车穿过后巷,跨越铁轨,自小镇尽头返回镇内大街。行经最后一幢残破木屋,一件物品顺着额顶呼啸划过,哗啦啦冲落街头,毁撞在对面建筑的外墙。他慌忙按倒孩子,自己盖在他身上,同时将购物车拉近身体。推车一斜,直接翻倒路面,防雨布、毛毯抛落大街。他见大屋顶窗有人瞄准他俩开弓,便推低孩子后脑,试图挺身遮住他。只听一记弓弦闷响,腿面突觉刺痛、发热。王八蛋,他说,你这王八蛋。他将毛毯扒到一边,向前一扑抓起火枪,起身扳定击锤,一手靠着推车侧面。孩子贴附着他。待那人又回到窗边拉弓,他便开火。火球疾升破窗,瞬间勾画出一道灿白的弧线,其后但闻男子尖呼出声。他抓住孩子,将他往下按,再拽过毛毯披着孩子身体。别动,他说,不要动,也不要看。他将车里的毛毯扒拉到地面,寻找装信号枪的盒子。最后盒体滑出推车,他随即一把抓过打开,退出弹

---

[1] 一种消毒剂和防腐剂。

壳重新装弹,关闭枪膛后将剩余子弹收入衣袋中。待着别动,他悄声说,隔着毛毯轻轻抚拍孩子身躯,才起身瘸着腿横越大街。

他从后门闯进屋内,火枪贴腰握着。屋内器物均剥卸殆尽,仅存赤裸壁骨。踏入起居室,登上梯间楼台谛听顶层动静,透过正面楼窗看到推车倒卧街心,而后起步上楼。

一个女人坐在角落,怀抱着男子。她卸下外衣罩着男人,一见他出现便谴咒连连。照明弹落地烧尽,遗下一摊白灰。屋里微微飘着燃木的气味。他穿过房间临窗外望,女人的目光随他移动。她骨瘦如柴,头发稀疏灰白。

楼上还有谁?

女人不语。他绕过她检视其他房间,大腿严重失血,能感觉到裤管正吸附在肌肤上面。他返回房间,问,弓箭在哪儿?

不在我这儿。

那在哪儿?

我不知道。

你们被抛下了,对不对?

是我自己留下的。

他转身，瘸着腿下楼，打开前门，面朝着屋子，倒退撤出。到推车倒卧处，他竖直车身，堆回存货。紧紧跟着，他低声私语，你紧跟着我。

他俩在小镇边上的一座仓房落脚。他将推车推入底侧隔间，阖上房门，横过车身拦挡。掘拾炉口、煤气罐，引燃炉火，置于地面，松解腰带卸下染血的外裤。孩子看着。箭头沿膝骨上缘刺出一道三英寸的深口，仍在出血，整截腿脡上半几乎变色，目测伤口很深。铁箭应是自制的，用铁条、汤匙或天晓得哪一类物资击打塑成。他看向孩子，说，去看看能不能找到急救箱。

孩子没有动。

快去拿急救箱，见鬼。别干坐着！

孩子跃起离地，走向房门，在车顶的防雨布和巾毯底下探挖，拎回急救箱递给男人，男人默然接过，将小箱摆在身前水泥地上，松解勾扣，取煤气炉点火照明。帮我拿水，他说。孩子拎来水罐，他拧开瓶盖，冲淋伤口，用手指捏合伤处抹净血迹。沿裂口涂抹消毒水后，他咬开塑料封套，取出带钩的缝针和一小捆线，对光掇捻丝线，穿入针眼。他从箱里翻出一个夹子，用夹子把针夹好，动手缝合伤口。因行动迅速，并未感到剧烈疼痛。孩子蹲在地上望着他，又弯腰查看缝合处。不用看，没关系，他说。

还好吗？

嗯，还好。

痛吗？

很痛。

他在线上打了个结，拉实，从急救箱拿出剪刀剪断线头。他看向孩子，孩子看着他的一举一动。

抱歉，刚刚朝你大吼大叫。

孩子抬眼。不要紧，爸爸。

我们和好吧。

好。

清晨下起大雨，狂风大作，后窗嚓嚓作响。他起身向外远望：钢板码头泰半崩塌，沉落海湾，没顶的渔船仅留驾驶舱俯望苍浪。窗外杳无动静，能飘移、迁徙的，老早随风散尽。他的腿肚抽痛，于是褪落包扎带，消毒伤口，同时检查伤处。黑线缝合处，肌肉浮肿、变色。他缠回包扎带，穿上因血而僵固的外裤。

两人借仓房逗留一天，一整天都坐在纸箱木盒间。你别不跟我说话,男人说。

我有跟你说话。

有吗?

现在就在说。

要不要说故事给你听?

不要。

为什么?

孩子看他,又将目光移远。

为什么呢?

故事又不是真的。

不用是真的呀,就是故事嘛。

故事里的人都互相帮助,我们根本没帮助别人。

那你说故事给我听。

我不要。

好吧。

我没故事可说。

你可以说你自己的故事。

你早知道我所有的故事。发生的时候你都在啊。

你心里的故事我不知道。

你说梦？

梦是一种，或是你心里的想法。

喔。可是故事该有快乐的结局。

不一定要快乐结局。

你的故事要有快乐结局。

你没有快乐的故事吗？

我的故事更像现实生活。

我的就不是。

对，你的不是。

男人注视着孩子；现实生活很糟吗？

你觉得呢？

嗯，至少还活着吧。我们经历了很多不愉快的事，但是都撑过去了。

是啊。

你不觉得这样很好吗？

还可以啦。

两人将一张工作台拖到窗边，盖上毛毯，孩子趴在台上眺望海湾，男人静坐，伸平大腿。两人之间是两把短枪、一盒照明弹，搁在毛毯上。稍过一会儿，男人说：我觉得我们的故事不错，是个好故事，而且有价值。

爸，无所谓啦。我只想安静一下。

梦呢？你以前偶尔会说你做的梦。

我什么都不想说。

好吧。

反正都不是好梦；我梦的都是坏事。你说做噩梦没关系，好梦才招厄运。

应该是吧。我也不确定。

你起床咳嗽会避到路边或别的地方去，可我还是听得见。

对不起。

有一次我还听到你哭。

我知道。

你要是不准我哭，你自己也不能哭。

好。

你的腿会好吗？

会。

不是说说而已吧。

不是。

因为看起来真的很痛。

没那么痛。

那人想杀我们,对不对?

对。

你把他杀了吗?

没有。

你说真的?

真的。

好。

这样可以吗?

嗯。

我以为你不想说话?

是不想啊。

他们两天后出发。男人跛脚推车,孩子依傍他到步出小镇边野。大路沿灰平的海岸延展,路面积着狂风撒弃的沙砾。前行不易,他俩在推车底层挂上一块木板,用来铲平道路。步入海滩,坐在沙堆背风侧钻研地图。他们拎着煤气炉,烧水泡茶,裹着毛毯逆风静坐。沿海犹见古船肋柱,任飞沙吹磨的梁骨显出苍灰色,上面安着古旧的手旋螺栓,深紫色船体蚀孔点点,大概来自加迪斯或布里斯托尔[1]的某座锻铁炉,用一块墨黑铁砧锻淬,能行水三百年。次日,他们穿过围封临海的别墅废墟,沿大路穿过松林向内陆行进。长直的公路探入一地的松针,风在黑暗的树林间吹刮。

正午,他背着最灿亮的天光坐在路上,用剪刀剪断伤口缝线,之后收妥剪刀,自急救箱起出夹子,拆下肌肤间细短的黑线,同时用拇指内侧压实伤口。孩子坐在地上,看着他。他拿夹子钩紧缝线一头,一条条拉脱,伤处微渗出点点血红。完成后放下夹子,用纱布缠好伤口,起身套上长裤,将急救箱交付孩子收拾。

很痛对不对?孩子问。

嗯,很痛。

那你是真的这么勇敢吗?

中等勇敢。

你做过最勇敢的事是什么?

---

[1] 加迪斯,西班牙西南部城市;布里斯托尔,英国西部城市。

他朝大路吐了一口血痰，说，今早醒来。

真的？

假的。你别听我的。来吧，上路了。

向晚，另一座滨海小城的郁暗轮廓映入眼帘。其间，群群高楼幽微偏斜。钢筋铁架定在大火中，熔软了又凝固，以致大楼歪扭失准。熔化的窗玻璃淌挂在墙面，已经凝结，状若糕点糖衣。他俩径自向前。如今，他不时在黑暗和冰冷的垃圾中醒来，梦中是人间之爱柔和缤纷的世界。百鸟吟唱，日光和煦。

他把双臂交抱搁在推车扶手上，前额靠附臂弯，猛烈干咳。之后吐出的唾液带血。歇停的节奏越来越频繁，孩子静观一切。他想，换个时空，孩子会驱赶他远离自己的人生。然而此刻，这就是他唯一的人生。他知道孩子夜里醒着，在侧耳细听，确认他犹未死去。

昼日脱剥、逸离，无人计算，不问历数。州际公路远端，一长排汽车锈坏，胎胶熔化，轮辋浸陷在蒙着灰的僵固胶泥中，其上缠绕着焦黑的线圈，椅垫弹簧外露，架着火化的焦尸，全都皱缩如孩童形体——千万梦想在其焦脆的心上埋葬。两人移步向前，旅行现世荒土，犹如仓鼠空踏转轮。是夜死寂，夜色益发沉黑，地冻天寒。父子俩几不交谈。他不时咳嗽，孩子目睹他咳痰带血。沿路前行，身形佝偻。肮脏，破败，绝望。他若停步倚附推车，孩子会继续前进，而后止步回眸。他抬起泪眼，看他伫立路间，自无可臆想的未来回看自己，像圣坛兀自闪耀荒原。

大路穿过枯涸的沼泽，冻实的泥地中有冰柱矗立，似岩洞里石灰沉积。路旁遗留古旧的火炙伤痕，其后绵延出幽长小径。一片死亡的沼泽。枯树浸立灰水，体表蔓覆苍白的苔斑，细腻的灰尘铺满路缘的石块。他斜倚遍沾沙土的水泥护栏。万物俱毁，或能揭露太初起源；山，海，及世间一切骤逝，浩大的反奇观景致。荒野无尽，焦渴，淡漠中连绵无期。阒寂。

路上，枯松迎风倒折，连延的衰败风景满布郊野。地表废墟四散，圈圈铁线垂落于夹道的电线杆之间，错杂若织。路面堆满废弃物残骸，傍推车穿行越发费劲。最后，两人只得坐在路旁，茫对前程——屋顶，树干，船；远处穹苍辽阔，近地，阴郁大海变幻幽缓。

他俩沿路检视错落的物品残骸,他挑出一只可以背的帆布袋,一方小箱给孩子。捆妥毛毯、防雨布和剩下的罐装食物,两人撇弃推车,携背包、旅袋重新上路。残毁弃物间蹒跚步行,进度迟缓。他急需停顿休憩。路旁沙发椅垫受潮发胀,他倒坐其间,弯身剧咳。他拉下染血的面罩,起身就边沟浸洗,拧干,静立不动,吐纳飘化为缕缕白烟。寒冬已然降临,他回看孩子,孩子站在衣箱旁,像孤儿,正等候离乡的旅车。

两天后行经宽阔河口,跨河的便桥已坍崩,倒在流淌缓慢的河水中。他们坐在碎裂的大路边,看潮水退覆河面,又旋流于铁桥网格。他远眺对岸的郊野。
该怎么办呐爸爸,孩子说。
随遇而安吧,他回答。

沿着潮间的泥滩步出狭长海岬,一艘小艇半沉岬间。他俩立定查看,小艇已尽毁朽。狂风挟雨,父子俩负重跋涉沙滩,探寻栖所,却无所获。他伸脚在岸滩刮拨,将散落的骨色柴火勾拢，生火，静坐沙堆之中，拽过塑料布披在头上，看清冷的雨水自北方挪近。雨势渐强，落地后直钻海沙。篝火蒸腾着水汽，雨烟轻缓缭绕，防雨布噼啪作响，孩子蜷曲身体，不久便坠入梦境。男人拿塑料布兜着头，望着大雨覆匿苍灰大海，海浪沿岸碎散，又循沙滩退远，浪下沙色沉郁，滩面斑斑点点。

次日，他们走向内陆，绕经大风尚未袭掠的大片低沼，齿蕨、绣球花、野生兰草抽长如灰白虚像。行进已成磨难，两天后重上公路，他卸下旅袋，抱着胸口，弯腰，坐在路面干咳至再难喘咳出声。又过两天，已浪游十英里。渡河后不太远，出现一处岔路。远眺郊野，一席风雨方穿过地峡，由东向西夷倒枯焦大树，犹若拨动溪床小草。两人就地扎营。才瘫倒，他自知再无力前行，他将死，此地便是终点。孩子坐下看着他，泪眼婆娑。噢，爸爸，他说。

他看着孩子穿过草地，手捧新取的清水，跪坐，通周环伺着灿亮的光影。他接过水杯啜饮后瘫倒。存粮仅余一个蜜桃罐头，他让孩子独享，自己丝毫未沾。我吃不下，你吃，没关系。
　　那我留一半给你。

好，你留一半明天再吃。

孩子拿着水杯走开，每一举措皆有灵光伴随。他试图拿防雨布架起帐篷，遭男人阻止。他说他不愿受遮蔽。倒卧野地看孩子傍着篝火，他只愿自己视线清晰。看看你四周，他说，这片土地的纪年史上，没有哪位先知的话不在今日得到了应验。所以今天不论你说什么，你都是对的。

孩子在风里闻到湿尘，便走上大路，从夹道的弃物中拖出一块板子，拿石块钉立木杆，搭起摇晃不实的斜棚。然而天未落雨。他留下火枪，携手枪遍巡郊野找食物，却空手而回。男人握住他的手，吁喘不已。你得自己走下去，我不能陪你了，但你要继续走。你没法知道走下去会遭遇什么，但我们一向幸运，所以你自己也能交上好运。走下去你就懂了，没关系。

我不行。

没问题的。走了这么远到这里，你要继续往南，照以前的方法过日子。

你会好的，爸爸；你要好起来啊。

我好不了了。记得随时带上枪，去找好人，但不要轻易冒险，不能冒险，懂吗？

我想陪着你。

不行。

求求你。

不行，你得拿上火炬往前走。

我不知道怎么做。

你知道的。

是真的吗？真的有火炬？

是真的。

在哪里？我不知道在哪里。

你知道的。它在你心里，它一直在那里。我能看见。

带我走，求求你。

不行。

求求你，爸爸。

我不能这么做。我不能让自己的儿子死在我怀里。我曾以为我能做到，但我做不到。

你说你永远不会离开我。

我知道。对不起。但我全心全意爱你，永不改变。你是世上最好的人，向来是世上最好的。我不在你还是可以跟我说话；你跟我说话，我就会跟你说话。你以后会明白的。

我听得见你吗？

会啊，你能听见。就跟你想象的对话一样，你会听见。得多练习，不要放弃，好吗？

好。

好。

爸，我真的好怕。

我知道。但你不会有事的；我相信你会交好运。我不能再说话了，不然又要咳嗽。

好，爸爸，你不要讲话。没关系的。

他沿大路行走，到不再有勇气继续为止，之后折返营地。爸爸睡着了，他走进斜棚坐在他身边，看顾着他。他闭上双眼对他说话，接着犹闭双眼侧耳谛听。然后再练习一遍。

他在魆黑中醒来，咳声细微。他躺着静听，孩子裹毛毯静坐火畔看着他。滴水。一束渐趋黯淡的光线。是旧梦浸渗的清醒时分；滴水在岩洞里，光是烛光，发自立于孩子手中扁铜戒座上的蜡烛。蜡油泼洒石面；贫瘠黄土拓陷出未知物种的形迹。在那冰冷的廊道，他们触抵那一自始至终无有归途的界点，唯一的倚凭是所持的火光。

  爸，你记得那个小男孩吗？
  嗯，我记得。
  你觉得他会平安无事吗？
  会啊，我相信他平安无事。
  你觉得他迷路了吗？
  不是，应该不是迷路。
  我怕他迷路了。
  我相信他不会有事。
  要是迷路了，谁会来找他？谁会找那个男孩？
  善会找到他。它总能找到。它会找到他的。

  是夜，他紧依父亲，拥着他入睡。隔日清晨醒来，父亲身躯已冰冷、僵硬。他独坐许久，默默流泪，然后起身，穿越林木步向大路。返回，跪坐父亲身边，握着他冰凉的手，一遍遍复述他的名字。

  他又待了三天，才步上大路。远望前程，回望来路。有人走近，他欲转身藏入树林，却未动作，只静立路中等候，手里握着短枪。他用所有毛毯盖覆父亲，所以又冻又饿。喘着粗气的男人映入眼帘，停下脚步看着他。他穿灰黄相间的滑雪外套，倒转猎枪，用编结成的系绳挎在肩上，弹壳装在尼龙弹带中。他参与过零星战役，蓄山羊胡，颊上带疤，脸骨碎裂，一只眼睛碌碌转动，说话时双唇扭缺，微笑时表情亦然。

你的同伴呢？

死掉了。

是你父亲？

对，是我爸爸。

我很遗憾。

我不知该怎么办。

我建议你跟我。

你是好人吗？

男人拨落盖在脸上的帽兜，发丝长且缠卷。他抬头望着天空，仿佛天外另有事物，而后盯着孩子。对，我是好人。把枪拿走好吗？

无论如何我不会把枪给人。

不是要你的枪，只是不想你拿枪指着我。

好吧。

你的东西呢?

我们没什么东西。

有睡袋吗?

没有。

那有什么呢?毯子?

我把爸爸包在里面。

让我看看。

孩子没有动。男人看着他,蹲下,单膝点地,自腋下抡起猎枪竖在路面上,倾身靠附枪托。弹带勾环系挂的弹壳必须手动填装,弹头封着烛蜡。他浑身散发出燃木的气味。他开口:听我说,你有两个选择。老实说,我们也讨论过该不该跟在你们后头。你可以留下来守着爸爸等死,也可以跟我走。如果你想留下,我建议你远离大路。我不知道你们怎么过来的,但我觉得你该跟我走。不会有事的。

我怎么知道你是不是好人?

没法知道。所以得赌--赌。

你有火炬吗?

有什么?

259

火炬。

你不太清醒吧?

没有。

有一点。

是的。

没关系。

所以你有没有?

有什么?火炬?

对。

有,我们有。

你有小孩吗?

有。

有小男孩吗?

一个男孩,一个女孩。

男孩几岁?

跟你差不多大,可能稍大一点。

所以你没有吃过小孩。

是的。

不吃人肉。

对，不吃人肉。

我可以跟你们走?

可以。

那好吧。

好。

两人步入树林。男人蹲下，检视歪斜木板棚里那具苍灰枯槁的尸体。毛毯都在这里?

对。

是你的手提箱?

对。

他起身，看着孩子。你回路上去等我，毛毯跟其他所有东西我来拿。

我爸怎么办?

什么怎么办?

不能把他丢在这里。

怎么不能。

我不想别人看到他。

不会有人看他。

用树叶把他埋起来好吗?

树叶会被风吹走。

那拿条毛毯把他包起来,可以吗?

行。我来做。你去吧。

好。

他在路上等候。男人拎着箱子走出树林,毛毯都搭在肩头。他理理毯子,递给孩子一条。拿着,身体裹起来,太冷了。孩子要把手枪给他,但男人不接。你自己拿好,他说。

好吧。

会用吗?

会。

好。

我爸怎么办?

能做的都做了。

我想跟他道别。

你没事吧?

没事。

那你去吧,我等你。

他返回树林，跪在父亲身边。男人信守承诺，在他身上盖了一条毛毯。孩子没有翻开毯子，只静静坐在他身边哭泣，无法抑止。他哭了很久。我每天都会跟你说话，他悄声说，不论发生什么事，都不会忘记。然后站起，背转身走向大路。

女人一见到孩子便张开双臂拥揽他。喔，她说，能见到你真好。有时她对孩子阐说上帝，于是他学着对上帝说话。然而最美妙的还是与父亲对话；他对父亲说话，从不曾忘记。女人说没有关系。尽管上帝永不停歇地从一个人走向另一个人，她说，但上帝的呼吸便是他的呼吸。

深山溪谷间，你可看到河鳟在琥珀色流水中栖止，鳍片勾覆的白边顺流水拨出涟纹。它们凑在你手中嗅闻苔藓的气息。亮泽，有力，扭动不停。鱼背上弯折的鳞纹犹如天地变幻的索引，是地图，也是迷津，导向无法复位的事物、无能校正的纷乱。河鳟优游的深谷，万物存在较人的历史更为悠长，它们在此低吟着秘密。

THE ROAD, by Cormac McCarthy
Copyright © 2006 by M-71, Ltd.
Simplified Chinese edition copyright:
2019 Beijing Imaginist Time Culture Co., Ltd.
All rights reserved.

本书中文译稿由城邦文化事业股份有限公司—麦田出版事业部授权使用，非经书面同意不得任意翻印、转载或以任何形式重制。

图书在版编目(CIP)数据

长路 / (美)科马克·麦卡锡著；毛雅芬译 . --北京：九州出版社，2018.6
ISBN 978-7-5108-7394-2

Ⅰ.①长… Ⅱ.①科… ②毛… Ⅲ.①长篇小说—美国—现代 Ⅳ.① I712.45

中国版本图书馆 CIP 数据核字 (2018) 第 163061 号

长路

作　　者	(美)科马克·麦卡锡 著；毛雅芬 译
出版发行	九州出版社
地　　址	北京市西城区阜外大街甲35号（100037）
发行电话	（010）68992190/3/5/6
网　　址	www.jiuzhoupress.com
电子信箱	jiuzhou@jiuzhoupress.com
印　　刷	山东鸿君杰文化发展有限公司
开　　本	1230mm × 880mm 1/32
印　　张	8.375
字　　数	137千
版　　次	2019年1月第1版
印　　次	2019年1月第1次印刷
书　　号	ISBN 978-7-5108-7394-2
定　　价	55.00元

★ 版权所有　侵权必究 ★